闲情偶寄

[清]李渔·著

王辉·编译

陕西新华出版 三秦出版社

图书在版编目（CIP）数据

　　闲情偶寄 /（清）李渔著；王辉编译 . -- 2 版 . --
西安：三秦出版社，2008.04（2024.1 重印）
　　（国学百部文库）
　　ISBN 978-7-80628-240-3

　　Ⅰ．①闲… Ⅱ．①李… ②王… Ⅲ．①杂文－作品集
－中国－清代②闲情偶寄－译文 Ⅳ．① I264.9

　　中国版本图书馆 CIP 数据核字（2008）第 036262 号

书　　名　闲情偶寄
作　　者　〔清〕李渔 著　王辉 编译
责　　编　贺金娥
封面设计　新华智品

出版发行　三秦出版社
社　　址　西安市雁塔区曲江新区登高路 1388 号
电　　话　（029）81205236
邮政编码　710061
印　　刷　北京一鑫印务有限责任公司
开　　本　680×1020　1/16
印　　张　9
字　　数　138 千字
版　　次　2008 年 4 月第 2 版
印　　次　2024 年 1 月第 2 次印刷
标准书号　ISBN 978-7-80628-240-3

定　　价　39.80 元
网　　址　http://www.sqcbs.cn

前　言

　　《闲情偶寄》，又名《笠翁偶集》，是清代文学家李渔的重要著作之一。其内容包括词曲、演习、声容、居室、器玩、饮馔、种植、颐养八部，共二百三十四个小题，论及戏剧创作和表演、妆饰打扮、园林建筑、家具古玩、饮食烹调、养花种树、医疗养生等许多方面，内容相当丰富。在中国传统雅文化中享有很高声誉，被誉为中国古代生活艺术大全，名列"中国名士八大奇著"之首。

　　李渔（1611－1680），原名仙侣，字谪凡，号天徒，中年更名李渔、字笠鸿，号笠翁。李渔出生时，由于其祖辈创业已久，此时"家素饶，其园亭罗绮甲邑内"，故李渔一出生时就享受到了富足生活。其后由于在科举中的失利，使肩负以仕途腾达为家族光耀门户重任的李渔放弃了这一追求，毅然改走人间大隐之道。康熙五年（1666）和康熙六年（1667）先后获得乔、王二姬，李渔在对其进行细心调教之后组建了以二姬为台柱的家庭戏班，常年巡回于各地为达官贵人作娱情之乐，收入颇丰，这也是李渔这一生中最得意的一个阶段，同时也是李渔文学创作中最丰产的一个时期。《闲情偶寄》一书就是在这一阶段内完成并付梓的。1672、1673 年，随着乔、王二姬的先后离世，支撑李渔富足生活的家庭戏班也土崩瓦解，李渔的生活从此转入了捉襟见肘的困顿之中，经常靠举贷度日。1680 年，古稀之年的李渔于贫病交加中离世。

　　《闲情偶寄》中所介绍的审美情调、营造技巧、饮食结构、闲情逸趣、身心修养等方面的内容，基本上是他的社会生活实践的总结，反映了他的个人修养和生活情趣。李渔想他人之所未想，议他人之所未议，乐他人之所未乐，书中妙趣横生，回味无穷。所以一经刊印，便震惊文坛，多视之为奇人、怪物。自康熙十年（1671）翼圣堂首次雕版印行之后，翻刻者颇多，流传极广。

　　《闲情偶寄》是一部寄情之作，就连他本人也很看重这部书，他在给礼部尚书龚芝麓的信中说："庙堂智虑，百无一能；泉石经纶，则绰有余裕。惜乎不得自展，而人又不能用之。他年赉志以没，俾造化虚生此人，亦古今一大恨事。故不得忆而著为《闲情偶寄》一书，托之空言，稍舒蓄积。"这部书较充分地反映了李渔的文艺修养和生活情趣，其中关于戏曲创作和演出的《词曲》《演习》二部，尤其引人注目。人们普遍认为李渔这些经验之谈，具有重要的理论价值

和实践意义，是中国戏剧美学史上不可多得的著作。此外，对于园林建筑，李渔也颇有卓见。其他部分，虽然所谈不过日常生活中的闲情逸趣，但也间或触物兴感，如以草木喻人，借家事比国事等，流露了一些感慨。当然书中也有一些内容反映了封建统治阶级庸俗低级的生活情趣，因此，读者在阅读此书时，应采取批判吸收的态度。

《闲情偶寄》文字清新隽永，叙述娓娓动人，读后留香齿颊、回味无穷。清著名学者余怀为此书作序曰："糊涂的人读了它将会变得明白；狭隘的人读了它将会变得旷达；忧郁的人读了它将会变得愉快；笨拙的人读了它将会变得灵巧；愁闷的人读了它将会欣然起舞；有病的人读了它将会霍然而愈。"林语堂在谈到《闲情偶寄》这本书时说："李笠翁的著作中，有一个重要部分，是专门研究生活乐趣，是中国人生活艺术的袖珍指南，从住室与庭院、室内装饰、界壁分隔到妇女梳妆、美容、粉黛烹调的艺术和美食系列。富人穷人寻求乐趣的方法，一年四季消愁解闷的途径、性生活的节制、疾病的防治……"

本书不仅熏陶、影响了周作人、梁实秋、林语堂等一大批现代散文大师，开现代生活美文之先河，而且对我们今天提高生活品位、营造艺术人生氛围仍有极大的借鉴价值。

《闲情偶寄》取材广泛，内容丰富，考虑到普及的需要，我们选取了其中最具代表性的篇章，以供读者阅读，希望本书能对您的学习和生活有所裨益。

编　者
2008 年 8 月

闲情偶寄

目　录

声容部

颐养部

饮馔部

种植部

声容部

选姿 小序

【原文】

　　"食色性也。""不知子都之姣者，无目者也。"古之大贤择言而发，其所以不拂人情，而数为是论者，以惟所原有，不能强之使无耳。人有美妻美妾而我好之，是谓拂人之性；好之不惟损德，且以杀身。我有美妻美妾而我好之，是还吾性中所有，圣人复起，亦得我心之同然，非失德也。孔子云："素富贵，行乎富贵。"人处得为之地，不买一二姬妾自娱，是素富贵而行乎贫贱矣。王道本乎人情，焉用此矫清矫俭者为哉？但有狮吼在堂，则应借此藏拙，不则好之实所以恶之，怜之适足以杀之，不得以红颜薄命借口，而为代天行罚之忍人也。

【译文】

　　"喜欢美食美色是人的天性。""不知道子都长得漂亮的人，是有眼无珠。"古代圣贤，说话都是很慎重有选择才说的，他们之所以不违背人之常情，几次三番都这样说话，是因为食欲和性欲是人的基本要求，不能强行抹杀它们。别人有美貌的妻妾而我却喜爱她们，这叫违背人的天性；喜爱别人的妻妾不仅会损害自己的德行，而且会引来杀身之祸。我自己有美貌的妻妾而喜爱她们，是恢复了我原有的天性，即使圣人再生，也会和我心有同感，不会认为那是不道德的。孔子说："富贵的人，行为也要显得富贵。"如果处在有钱有势的地位，不买一两个姬妾娱乐，这是身居富贵却干了贫贱人的事。圣人的大道理是合乎人情的，怎会同于这种假装清廉俭朴的做法呢？但是，如果家中有凶悍如河东狮吼的妻子，就应该用这种假装清廉俭朴的做法来掩盖，否则的话，喜爱美人等于是厌恶她，怜惜美人

却正好害了她。这时就不能用红颜薄命做借口来推脱责任，把自己当成替上天施行惩罚的残忍之人。

【原文】

予一介寒生，终身落魄，非止国色难亲，天香未遇，即强颜陋质之妇，能见几人，而敢谬次音容，侈谈歌舞，贻笑于眠花藉柳之人哉！然而缘虽不偶，兴则颇佳，事虽未经，理实易谙，想当然之妙境，较身醉温柔乡者倍觉有情。如其不信，但以往事验之：楚襄王，人主也，六宫窈窕，充塞内庭，握雨携云，何事不有？而千古以下，不闻传其实事，止有阳台一梦，脍炙人口。阳台今落何处？神女家在何方？朝为行云，暮为行雨，毕竟是何情状？岂有踪迹可考，实事可缕陈乎？皆幻境也。幻境之妙，十倍于真，故千古传之。能以十倍于真之事，谱而为法，未有不入闲情三昧者。凡读是书之人，欲考所学之从来，则请以楚国阳台之事对。

【译文】

我只是一个卑微的书生，终身落魄潦倒，不仅无缘亲近那种国色天香的美人，即使是姿色平平勉强看得过去的女子，也见不到几个，又怎么敢不知天高地厚地去品评她们的音色容貌，夸夸其谈地评论她们的歌舞，而被整日眠花枕柳的人笑话呢！然而，我与女子的缘分虽然不太深，但对她们的兴致却很高，事情虽然没有亲身经历过，但这种道理实际上很容易明白，即对想象中的美妙情景，比那些终日处在脂粉堆里和温柔乡中的人有更深的体验。如果有谁不相信，我就拿历史上的往事向他验证一下。楚襄王是楚国的一代君王，漂亮嫔妃充满了整个后宫，寻欢作乐，他什么事没有经历过？但千百年来，没听说过人们传述他的真事，只有楚襄王阳台一梦的传说，至今流传，脍炙人口。阳台在什么地方？神女的家又住哪里？神女早晨像天上流动的云，晚上像空中盈盈洒落的雨，到底是个什么样子？这些难道会有什么蛛丝马迹可以考查吗？如果是实有的事情，用得着三番五次地陈述吗？其实这些都是想象中的事情啊。想象中的事情会比实际情形美好十倍，所以千百年来流传不衰。能够把比真事美妙十倍的想象之事描述得有理有据的，肯定能进入闲情逸致的境界。读这本书的人，如果想追究我的这些学识从何而来，我就拿楚襄王阳台做梦这个例子来回答他。

肌　肤

【原文】

　　妇人妩媚多端，毕竟以色为主。《诗》不云乎"素以为绚兮"？素者，白也。女人本质，惟白最难。常有眉目口齿般般入画，而缺陷独在肌肤者。岂造物生人之巧，反不同于染匠，未施漂练之力，而遽加文采之工乎？曰：非然。白难而色易也。

【译文】

　　女子的妩媚，有多种形态，到底还是以肤色为主要标准。《诗经》里不是说"在洁白的质地上铺以五彩"吗？素是洁白的意思。女子的肌肤本色，只有洁白最难能可贵。常有好的眉毛、眼睛、嘴巴、牙齿等都像画中一样漂亮，唯独肤色有缺陷。难道说造物主创造人类的技巧，反而不如染匠在未经漂白的布料上铺染色彩的功夫吗？我说：不是这样的。要想让皮肤白很难，要让皮肤有颜色则很容易。

【原文】

　　曷言乎难？是物之生，皆视根本，根本何色，枝叶亦作何色。人之根本维何？精也，血也。精色带白，血则红而紫矣。多受父精而成胎者，其人之生也必白；父精母血交聚成胎，或血多而精少者，其人之生也必在黑白之间。若其血色浅红，结而为胎，虽在黑白之间，及其生也，豢以美食，处以曲房，犹可日趋于淡，以脚地未尽缁也。有幼时不白，长而始白者，此类是也。至其血色深紫，结而成胎，则其根本已缁，全无脚地可漂，及其生也，即服以水晶云母，居以玉殿琼楼，亦难望其变深为浅，但能守旧不迁，不致愈老愈黑，亦云幸矣。有富贵之家，生而不白，至长至老亦若是者，此类是也。

知此，则知选材之法，当如染匠之受衣：有以白衣使漂者受之，易为力也；有白衣稍垢而使漂者亦受之，虽难为力，其力犹可施也；若以既染深色之衣，使之剥去他色，漂而为白，则虽什伯其工价，必辞之不受。以人力虽巧，难拗天工，不能强既有者而使之无也。

【译文】

为什么说洁白难得呢？任何一种植物的生长，都要看它的根本，根本是什么颜色，枝和叶也就是什么颜色。人的根本是什么呢？是精和血二者。精的颜色偏白，血则是偏红、偏紫。接受父精多而形成的胎儿，出生后一定长得白；由父精母血混合汇聚，或接受母血多而父精少的胎儿，出生之后肤色就介于黑和白之间。如果母血的颜色接近浅红，那么形成的胎儿，肤色虽然是在黑白之间，到了出生之后，用精制的食品喂养，让她住在幽暗的房子里，她的肤色也可以一点点地变白，因为她的根本不是全黑的。有人小时候长得不白，长大以后变白的，都属于这种情况。至于那些母血颜色呈深紫色而结成的胎儿，因为她从根本上已经是全黑的了，全然没有变白的基础，等她出生之后，即使让她吃水晶云母，让她住玉殿琼楼，也很难指望她由黑变白。只要能保持住原有的肤色，不至于越老越黑，就算是万幸了。有的富贵人家的小孩，生来就不白，长大后一直到老还是不白，就属这种情况。知道了上面的道理，就会知道了选材的方法，这方法应当像染匠接受衣料一样：有人拿来白色的衣料让染匠漂染，染匠很愿意接受，因为这很容易办到；有人拿稍稍有点儿污垢的白色衣料让染匠漂染，他也能够接受，因为这虽然难漂染，但还是可以办到；要是有人拿来已经被浸染成深色的衣料，要让染匠先除去衣服的颜色漂白，那么即使给他十倍百倍的工钱，他也会推托的。因为人的本领再巧妙，也很难违背自然规律，不能强行让已经存在的东西变成没有。

【原文】

妇人之白者易相，黑者亦易相，惟在黑白之间者，相之不易。有三法焉：面黑于身者易白，身黑于面者难白；肌肤之黑而嫩者易白，黑而粗者难白；皮肉之黑而宽者易白，黑而紧且实者难白。面黑于身者，以面在外而身在内，在外则有风吹日晒，其渐白也为难；身在衣中，较面稍白，则其由深而浅，业有明征，使面亦同身，蔽之有物，其验亦若是矣，故易白。身黑于面者反此，故不易白。

【译文】

　　女人肤色白的容易变色，肤色黑的也容易变色，只有肤色介于黑和白之间的，改变起来就不太容易。在这方面有三种情况：脸部颜色比身上肤色黑的很容易变白，身上肤色比脸上颜色黑的很难变白；肌肤的颜色黑但长得细嫩的容易变白，肌肤颜色黑，但比较粗糙的不容易变白；皮肤黑但肌肉宽松的容易变白，皮肤黑且肌肉紧而结实的难以变白。脸比身上肤色黑，是因为脸露在外面而身体藏在衣服里面。脸露在外面就会受到风吹日晒，要想变白就不太容易；身体藏在衣服里面，就比脸稍微白一些，那么其由深变浅，则已有了明证，假如让脸部和身体一样，有东西罩在外面，风吹不着，日晒不着，结果也会和身体一样容易变白。身体的颜色比脸部颜色黑的与此相反，所以想变白实在不容易。

【原文】

　　　　肌肤之细而嫩者，如绫罗纱绢，其体光滑，故受色易，退色亦易，稍受风吹，略经日照，则深者浅而浓者淡矣；粗则如布如毯，其受色之难，十倍于绫罗纱绢，至欲退之，其工又不止十倍，肌肤之理亦若是也，故知嫩者易白，而粗者难白。皮肉之黑而宽者，犹绸缎之未经熨，靴与履之未经楦者，因其皱而未直，故浅者似深，淡者似浓，一经熨楦之后，则纹理陡变，非复曩时色相矣。肌肤之宽者，以其血肉未足，犹待长养，亦犹待楦之靴履，未经烫熨之绫罗纱绢，此际若此，则其血肉充满之后必不若此，故知宽者易白，紧而实者难白。

【译文】

　　女子中有的肌肤长得很细嫩，就像绫罗绸绢，质地很光滑，所以染上颜色容易，褪掉颜色也容易，稍稍受到点儿风吹，略微受点日晒，色深的部分就会变浅，色浓的部分也会变淡；肌肤长得粗糙的，就像网纹粗的布料和毛毯，在上面染色，要比在绫罗绸绢上染色困难十倍，等到染上色之后再想褪掉，比绫罗绸绢又不止难十倍，肌肤变色的道理也是这样，所以我们知道细嫩的肌肤容易变白，而粗糙的肌肤不容易变白。女子中有的肌肤长得黑而宽松，就好像绸缎没有经过熨烫，靴子和鞋没有经过撑楦，因为它既皱又不平展，所以色浅的地方看起来色也很深，色淡的地方看起来也很浓。一旦经过熨烫或撑楦之后，那些皱褶粗纹就会发生变化，不再是原来的样子了。肌肤的纹理长得宽的女子，是因为血肉不够丰满，还有待长胖、滋养，就好比没经过撑楦的靴子和鞋，没经过熨烫的绫罗绸缎，目前是这个样子，等到她的血和肉经过滋养变得丰满了之后，就一定不会再是这个样子了，所以我们知道宽松的肌肤容易变白，紧绷而结实的很难变白。

【原文】

　　相肌之法，备乎此矣。若是则白者、嫩者、宽者为人争取，其黑而粗、紧而实者遂成弃物乎？曰：不然。薄命尽出红颜，厚福偏归陋质，此等非他，皆素封伉俪之材，诰命夫人之料也。

【译文】

　　识别肌肤的方法，都在这儿写上了。如果真像上面说的这样，那么，肤色生得白而细嫩、肌肉松弛的女子都被人争着娶走了，那些肤色黑而粗糙、肌肉又紧又结实的不就成了被人抛弃的吗？我说：不会这样。薄命的女子全是红粉美人，享大福的倒偏偏是丑陋的女子，这不是因为别的，就是因为丑陋的女子天生就是当贵夫人的材料。

眉　　眼

【原文】

　　面为一身之主，目又为一面之主，相人必先相面，人尽知之，相面必先相目，人亦尽知，而未必尽穷其秘。吾谓相人之法必先相心，心得而后观其形体。形体维何？眉发口齿，耳鼻手足之类是也。心在腹中，何由得见？曰：有目在，无忧也。察心之邪正，莫妙于观眸子，子舆氏笔之于书，业开风鉴之祖。予无事赘陈其说，但言情性之刚柔，心思之愚慧。四者非他，即异日司花执爨之分途，而狮吼堂与温柔乡接壤之地也。目细而长者，秉性必柔；目粗而大者，居心必悍；目善动而黑白分明者，必多聪慧；目常定而白多黑少，或白少黑多者，必近愚蒙。然初相之时，善转者亦未能遽转，不定者亦有时而定。何以试之？曰：有法在，无忧也。其法维何？一曰以静待动，一曰以卑瞩高。目随身转，未有动荡其身，而能胶柱其目者；使之乍往乍来，多行数武，而我回环其目以视之，则秋波不转而自转，此一法也。妇人避羞，目必下视，我若居高临卑，彼下而又下，永无见目之时矣。必当处之高位，或立台坡之上，或居楼阁之前，而我故降其躯以瞩之，则彼下无可下，势必环转其睛以避我。虽云善动者动，不善动者亦动，而勉强自然之中，即有贵贱妍媸之别，此又一法也。至于耳之大小，鼻之高卑，眉发之淡浓，唇齿之红白，无目者犹能按之以手，岂有识者不能鉴之以形？无俟哓哓，徒滋繁渎。

【译文】

　　脸是身体的主要部位，眼睛又是脸的主要部位。看人先要为他相面，这道理人们都知道；相面一定要先相眼睛，这人们也都知道，但未必能完全懂得其中的奥秘。我认为，相人的最好方法是先相心，知道了他的心是怎么回事，然后再看他的形体。形体是什么呢？眉毛、头发、嘴巴、牙齿和耳朵、鼻子、手臂、脚掌等都是。心在人的肚腹当中，怎么能够看得见呢？我说：有眼睛在，就不用忧虑了。考察人心是邪还是正，没有比观察眼睛更好的了。子舆先生把他的相面经验整理出来，已刻印成书了，开创了相术的祖业。我无意重复他的理论，只想谈论女子性情的刚与柔、心灵的愚与慧。这四者是区分女子日后是赏花品草还是烧火弄饭的根据，是凶悍如同河东狮吼还是温柔体贴的娇娘的关键。眼睛生得又细又长的女子，性情一定温柔；眼睛生得又粗又大的，心思一定凶悍善妒；眼珠灵活善动而且黑白分明的，大多很聪明；眼珠凝滞不动而且白多黑少的，或者白少黑多的，一定与愚笨比较接近。然而，一开始相面的时候，眼波善于流转的也不能总是急剧的转动，眼光有时候也会发呆。怎么来做检验呢？我说：有办法，不用着急。是什么办法呢？第一条叫以静待动；第二条叫从低相高。眼光是随着身体转动的，身体没有动，眼睛一动不动定在一个地方的女子，可以让她来来回回，多走动几步，而我以她的眼睛为中心回环注视其眼神。那么，她的眼波即使不转，看起来也像转动一样，这是一种方法。天性怕羞的女子，眼睛一定向下看，我如果居高临下地看她，她位置低，又向下看，那我永远都无法看见她的眼波。一定要让她处在较高的位置，或者站在高台、土坡上面，或者站在楼阁前面，而我又故意俯下身子来观察她，那么，她想往下看也无法往下看，势必会转动着眼珠躲避我的观察。虽然说眼珠灵活的眼睛会转动，眼珠不灵活的眼睛也会转动，但是从勉强地动还是自然而然地动，就会看出高贵与卑贱、美好与丑陋的差别，这是又一种方法。至于说耳朵的大小，鼻子的高低，眉毛头发的疏密，嘴唇牙齿的红白，连瞎子都能用手触摸得出来，懂得相术的人难道不能从它们的形状判断出优劣吗？我用不着在这个问题上饶舌多嘴，再说只是多余。

【原文】

　　眉之秀与不秀，亦复关系情性，当与眼目同视。然眉眼二物，其势往往相因。眼细者眉必长，眉粗者眼必巨，此大较也，然亦有不尽相合者。如长短粗细之间，未能一一尽善，则当取长恕短，要当视其可施人力与否。张京兆工于画眉，则其夫人之双黛，必非浓淡得宜，无可润泽者。短者可长，则妙在用增；粗者可细，则妙在用减。但有必不可少之一字，而人多忽视之者，其名曰"曲"。必有天然之曲，而后人力可施其巧。"眉若远山""眉如新月"，皆言曲之至也。即不能酷肖远山，尽如新月，亦须稍带月形，略存山意，或弯其上而不弯其下，或细其外而不细其中，皆可自施人力。最忌平空一抹，有如太白经天；又忌两笔斜冲，俨然倒书"八"字。变远山为近瀑，反新月为长虹，虽有善画之张郎，亦将畏难而却走。非选姿者居心太刻，以其为温柔乡择人，非为娘子军择将也。

【译文】

眉毛生得秀气不秀气，也关系到性情，应当把它和眼睛一样看待。然而，眉毛和眼睛这二者，形状气势往往是相互关联的。眼睛生得细的，眉毛一定很长，眉毛生得粗的，眼睛一定很大。一般来讲都符合这种规律，但也有不太符合这种规律的情况。如果眉毛眼睛的长短粗细不能样样都符合美的标准，那么就要取它的长处而宽容它的短处，要看它的短处可否用人工来修饰。汉朝有个名叫张敞的人很善于描画眉毛，显而易见，他夫人的眉毛一定不是浓淡疏密适中，用不着修饰的。眉毛生得短，可以通过描画变长，其微妙之处在于怎样加长；眉毛生得粗，可以通过修剪变细，其微妙之处在于怎样修剪。但是还有必不可少的一个字，人们都忽视它，那就是"曲"字。眉毛必须天生有弯度，人们才可能修饰好。所说的"眉如远山""眉如新月"，指的都是眉毛弯曲得恰到好处。虽然不能达到像远山、像弯月那样，但也要稍稍带点儿月牙的形状，接近山形的起伏之状。有的上半部分生得弯，下半部分不弯；有的两边生得细，中间不细，都可以通过人为修饰来弥补短处。最忌讳的就是平空一抹，就像太白金星掠过天空；还忌讳两道眉头斜竖着，就像倒写的汉字"八"。这两种情况如同将远处山峦变成了近处乱溅的飞瀑，反把弯月变成了天空横跨的彩虹。就是遇到了最擅长描眉画黛的张京兆，也会畏惧其难而后退跑掉。这不能说选择姿色的人居心太刻薄，因为他是在为温柔乡选择佳人，而不是在为娘子军选择强悍勇猛的将领。

手　足

【原文】

相女子者，有简便诀云："上看头，下看脚。"似二语可概通身矣。予怪其最要一着，全未提起。两手十指，为一生巧拙之关，百岁荣枯所系，相女者首重在此，何以略而去之？且无论手嫩者必聪，指尖者多慧，臂丰而腕厚者，必享珠围翠绕之荣。即以现在所需而论之，手以挥弦，使其指节累累，几类弯弓之决拾；手以品箫，如其臂形攘攘，几同伐竹之斧斤；抱枕携衾，观之兴索；捧卮进酒，受者眉攒，亦大失开门见山之初着矣。故相手一节，为观人要着，寻花问柳者不可不知，然此道亦难言之矣。选人选足，每多窄窄金莲；观手观人，绝少纤纤玉指。是最易者足，而最难者手，十百之中，不能一二觏也。须知立法不可不严，至于行法，则不容不恕。但于或嫩或柔，或尖或细之中，取其一得，即可宽恕其他矣。

【译文】

给女人相面有个简易的口诀，说的是："上看头，下看脚。"似乎这两句话把全身都概括了。我却感到奇怪，它为什么会把最重要的一点给忽略掉了，竟然只字未提。两只手和十根手指头是决定女子一生灵巧或笨拙的关键所在，关系到一个女子一辈子是荣华富贵还是贫贱枯槁。给女人相面，首先应该重视这一点，为什么反而把它忽略掉了呢？先不用说手生得细嫩一定标志着聪明，手指细长的大多聪慧，手臂手腕生得丰润圆厚的，必定能享受荣华富贵。即使拿现在所需要的条件来评论，优劣也自然可以显现出来，比如让她操琴弹奏，假如她的指关节个个凸起，就会像拉弓搭箭的扳指那样显得粗蠢；比如让她来吹箫品曲，假如她的手臂形状粗蠢不堪入目，就会像砍竹子的斧子那样显得不伦不类；假若和这样的女子同床共枕，就会觉得索然无味；假若让这样的女子端杯敬酒，被敬酒的一方就会蹙起眉头表示厌恶，这和我最初想让人开门见山的愿望也相差太远了。所以说，相手这一环节，是观评女子品味的要点，爱寻花问柳的男子对此不能不了解。但其中细微的道理也是很难讲得太清楚的。选美女要是从脚来选，看到的往往都是窄窄的三寸金莲；要是从手来选，很少能见到纤纤细指。由此可见，最容易识别的是脚，最难识别的是手，几十个上百个女子里面，没有一两个手好看的。要知道设立法则标准的时候不能不严格，到了具体运用这个标准的时候，就不得不有所宽容和放松。只要在娇嫩、温柔、纤细和细腻之中，有一种可取，对其他条件就可以适当放宽了。

【原文】

　　至于选足一事，如但求窄小，则可一目了然。倘欲由粗以及精，尽美而思善，使脚小而不受脚小之累，兼收脚小之用，则又比手更难，皆不可求而可遇者也。其累维何？因脚小而难行，动必扶墙靠壁，此累之在己者也。因脚小而致秽，令人掩鼻攒眉，此累之在人者也。其用维何？瘦欲无形，越看越生怜惜，此用之在日者也。柔若无骨，愈亲愈耐抚摩，此用之在夜者也。

【译文】

　　说到选择女人的脚，如果只要求窄小，就可以一目了然。倘若想由粗选而到精挑，达到完美又要追求尽善，使脚小而又不受脚小的拖累，而且还能发挥脚小的作用，就会比选手更加困难，都是可遇而不可求的事情。脚小的麻烦在什么地方呢？因为脚小，走路就会困难，走动的时候必须扶墙靠壁，这种麻烦还只是体现在自己身上。脚小还会引起脏污臭味，靠近它的人总要捂住鼻子、皱起眉头表示厌恶，这种麻烦就体现在别人身上了。那么，脚小的优点又在哪里呢？如果脚长得特别瘦小，就会让人怜惜，这是在白天显示的优点。如果脚小，而且柔软得几乎没有骨感，越亲近越耐抚摩，这是在夜里显出的优点。

【原文】

　　昔有人谓予曰："宜兴周相国，以千金购一丽人，名为'抱小姐'，因其脚小之至，寸步难移，每行必须人抱，是以得名。"予曰："果若是，则一泥塑美人而已矣，数钱可买，奚事千金？"

【译文】

　　从前有人对我讲："宜兴县有个周相国用一千两金子买到了一个美人，取名叫'抱小姐'，因为她的脚小到了极点，寸步难移，每次移动都必须由人抱着，所以就得到了这么一个名字。"当时我回答说："如果真是这样，她也不过是个泥捏的美人罢了，几个钱就可以买到，哪里用得着花一千两金子呢？"

【原文】

造物生人以足，欲其行也。昔形容女子娉婷者，非曰"步步生金莲"，即曰"行行如玉立"，皆谓其脚小而能行，又复行而入画，是以可珍可宝，如其小而不行，则与刖足者何异？此小脚之累之不可有也。予遍游四方，见足之最小而无累，与最小而得用者，莫过于秦之兰州，晋之大同。兰州女子之足，大者三寸，小者犹不及焉，又能步履如飞，男子有时追之不及，然去其凌波小袜而抚摩之，犹觉刚柔相半；即有柔若无骨者，然偶见则易，频遇为难。至大同名妓，则强半皆若是也。与之同榻者，抚及金莲，令人不忍释手，觉倚翠偎红之乐，未有过于此者。

【译文】

造物主让人长脚，是要人走路的。古人形容女子的身材苗条好看，不是说"步步生金莲"，就是说"行行如玉立"，都说的是脚小但能走路，又长得美丽可以入画，所以让人珍爱。如果脚很小却不能用来走路，那和被砍掉了脚的人又有什么差别呢？如此看来，不能让脚小成为累赘。我游遍神州大地，看到脚长得最小而没有麻烦，并且十分有用的女人，没有比得上甘肃兰州和山西大同的了。兰州女子的脚，一般大的有三寸，小的还不够三寸，却能够走得飞快，有时候男人都不能追赶得上。然而等脱掉她们柔软的香袜，抚摸她们小脚的时候，却还是会有刚柔各占一半的感觉；即使有柔软如同没有骨胳一样的温软小脚，也只能是偶尔才见到一个，想常常见到是极困难的。至于说大同的著名妓女，却大多数都生着这种小脚。和她们同床作乐的时候，抚摸到那小小金莲，就会让人感到不忍心放手，只觉得眠花宿柳的乐趣，没有能超过这个的了。

【原文】

向在都门，以此语人，人多不信。一日席间拥二妓，一晋一燕，皆无丽色，而足则甚小。予请不信者即而验之，果觉晋胜于燕，大有刚柔之别。座客无不翻然，而罚不信者以金谷酒数。此言小脚之用之不可无也。噫！

"岂其娶妻，必齐之姜？"就地取材，但不失立言之大意而已矣。

【译文】

　　以前在京城，把自己的这种体会告诉别人，人们大多不相信。有一天在酒席上有两个妓女作陪，一个是山西人，一个是河北人，二女都长得不算漂亮，只有脚特别小。我请那些不信我话的人抚摸以做出验证，他们果然觉得山西的女子比河北的那个强，颇有刚与柔之别。酒席上的其他朋友全都有恍然大悟之感，罚了那些不相信的人几杯金谷酒。这些讲的是小脚的好处不能没有。唉！"难道说娶妻子一定要像晋文公娶齐姜那样，从一个地方物色人选了？"依我说，还是就地取材，只要不违背我上面谈到的理论的大概意思就可以了。

【原文】

　　验足之法无他，只在多行几步，观其难行易动，察其勉强自然，则思过半矣。直则易动，曲即难行；正则自然，歪即勉强。直而正者，非止美观便走，亦少秽气。大约秽气之生，皆强勉造作之所致也。

【译文】

　　检验脚的方法没有别的，就是让她多走几步，观察她行走困难不困难，考察她是走得勉强还是自然，就会差不多了。脚长得直的善于走路，长得弯曲的走起路来就有困难；脚长得正，走路就显得自然放松，长得歪就显得勉强。脚长得又直又正的，就不只是好看善走路，也会少一些污浊臭味。脚上的污浊臭气，大概都是由走路勉强造作造成的。

态　度

【原文】

　　古云："尤物足以移人。"尤物维何？媚态是已。世人不知，以为美色，乌知颜色虽美，是一物也，乌足移人？加之以态，则物而尤矣。如云美色即是尤物，即可移人，则今时绢做之美女，画上之娇娥，其颜色较之生人岂止十倍，何以不见移人，而使之害相思成郁病耶？是知"媚态"二字，必不可少。媚态之在人身，犹火之有焰，灯之有光，珠贝金银之有宝色，是无形之物，非有形之物也。惟其是物而非物，无形似有形，是以名为尤物。尤物者，怪物也，不可解说之事也。凡女子，一见即令人思之而不能自已，遂至舍命以图，与生为难者，皆怪物也，皆不可解说之事也。

【译文】

古话说："尤物可以动摇人的心神。"尤物是什么东西呢？就是妖媚的姿态。世上的人大多不懂得这点，以为尤物就是美色。哪里知道容貌虽然美妙，但也只不过是一种东西而已，怎么可以动摇人的心神呢？只有加上妖媚的姿态，才能成为尤物。如果说美色就是尤物，就可以动摇人的心神，那么时下用绢布做成的美女，图画上的娇媚的俏人儿，她们的美色比真人的容貌不止要漂亮十倍，却为什么未看到她们动摇人的心神，并让人害相思病、患忧郁症呢？于是知道"媚态"这两个字不可缺少。女人有妖媚的姿态就像是火有焰、灯有光、珠宝金银有宝色，是一种无影无形的东西，不是可以触摸得到的。正是因为它是物又不是物，无形却又像有形，所以就命名为"尤物"。尤物，是怪异之物，无法说清楚的事物。凡女人之中，有看一眼就让人思慕渴盼，到不能控制自己，甚至要舍弃性命去追求，使人不由自主为了她而与自己生命为难的，就都是怪异之物，都是无法解释的事物。

【原文】

吾于"态"之一字，服天地生人之巧，鬼神体物之工。使以我作天地鬼神，形体吾能赋之，知识我能予之，至于是物而非物，无形似有形之态度，我实不能变之化之，使其自无而有，复自有而无也。态之为物，不特能使美者愈美，艳者愈艳，且能使老者少而媸者妍，无情之事变为有情，使人暗受笼络而不觉者。

【译文】

在"态"这个字上，我实在佩服天地鬼神造人的巧妙细致。假使让我做天地鬼神来创造人类，我也只能将形体赋予他，将知识灌输给他，至于说到是物却不是实物、没有形却好像有形的姿态，我实在是无法将它创造出来，使它从无到有，又从有到无，介于这种似有似无的状态中啊。媚态这种东西，不仅能让貌美的女子更加美丽，让娇艳的女子更加娇艳，而且能让年老的变得年轻，让丑陋的变得漂亮，使本来无法让人生情的事物变成让人能产生情意的事物，使人暗地里被吸引过去却自己不觉得。

【原文】

女子一有媚态，三四分姿色，便可抵过六七分。试以六七分姿色而无媚态之妇人，与三四分姿色而有媚态之妇人同立一处，则人止爱三四分而不爱六七分，是态度之于颜色，犹不止一倍当两倍也。试以二三分姿色而无媚态之妇人，与全无姿色而止有媚态之妇人同立一处，或与人各交数言，则人止为媚态所惑，而不为美色所惑，是态度之于颜色，犹不止于以少敌多，且能以无而敌有也。今之女子，每有状貌姿容一无可取，而能令人思之不倦，甚至舍命相从者，"态"之一字之为祟也。

【译文】

女子一旦有了媚态，即使只有三四分姿色，也可以抵得上六七分的姿色了。试想，让一个有六七分姿色却没有一点儿媚态的女子，和一个只有三四分姿色却拥有媚态的女子站在一个地方，那么，人们便只会去爱只有三四分姿色而媚态十足的女子，而不去爱有六七分姿色却没有媚态的人。可见神情媚态和姿色容貌相比，还不止胜过一倍、两倍吧。再试想，让一个只有二三分姿色却没有半点媚态的女子，和一个毫无姿色可言但媚态十足的丑女站在一个地方，或让她们都和人说几句话，那么人们便会只被有媚态的女子所迷惑，二三分姿色的女子反而吸引不了任何人。由此可见，媚态和姿色相比，已不止于以少胜多，并且能以无胜有啊。现在的女子中，常常一点姿色也没有，却能叫人思念不已，甚至拼了命也要和她在一起，这都是一个"态"字在其中作的怪。

是知选貌选姿，总不如选态一着之为要。态自天生，非可强造。强造之态，不能饰美，止能愈增其陋。同一颦也，出于西施则可爱，出于东施则可憎者，天生、强造之别也。相面、相肌、相眉、相眼之法，皆可言传，独相态一事，则予心能知之，口实不能言之。口之所能言者物也，非尤物也。噫！能使人知，而能使人欲言不得，其为物也何如！其为事也何如！岂非天地之间一大怪物，而从古及今，一件解说不来之事乎？

【译文】

于是我们知道，挑选美貌姿色，总比不上挑选媚态这一点更重要。媚态是先天生就的，不能由后天勉强造作。勉强造作的媚态，不能增加她的美丽，却只能使其容貌更丑。同样是皱眉，由西施自然做出就可爱，东施勉强学着做出来便显得可憎，这就是天生和娇柔造作之间的天壤之别啊。相面、相肌肤、相眉、相眼的方法，都可以用语言描述出来，只有看人的神态这件事，我只能用心体会，嘴里实在说不出来。嘴巴能表达出来的是物，而不是尤物。唉！能够让别人知道，并且能够让他想说却说不出它作为物是什么！它作为事又是什么！这难道不是天地之间的一大怪物，一件从古到今都无法解释的事吗？

【原文】

诘予者曰：既为态度立言，又不指人以法，终觉首鼠，盍亦舍精言粗，略示相女者以意乎？予曰：不得已而为言，止有直书所见，聊为榜样而已。

【译文】

责问我的人说：既然你已经为女人的媚态作出了一番议论，却又不把精微实用的方法为人们指点出来，总让人觉得宽泛而不实用，为什么不把精细的评论舍弃掉，讲一点粗略的方法，把一些相女人的要领指示给人呢？我说：如果实在是非说不可，就只好把曾经亲眼见到的实事不加修饰地写出来，姑且做个榜样罢了。

【原文】

　　向在维扬，代一贵人相妾。靓妆而至者不一其人，始皆俯首而立，及命之抬头，一人不作羞容而竟抬；一人娇羞腼腆，强之数四而后抬；一人初不即抬，及强而后可，先以眼光一瞬，似于看人，而实非看人，瞬毕复定而后抬，俟人看毕，复以眼光一瞬而后俯，此即"态"也。

【译文】

　　我以前在扬州，曾经替一个富贵之人相妾。打扮得漂漂亮亮而来的不止一个人，开始时，她们都低头站着，我命令她们抬头，其中一个丝毫没有羞怯地就把头抬起来了；另一个娇羞腼腆，勉强了很多次才把头抬起来；还有一个开始没有立刻抬头，等到我劝了半天才抬起来，先用眼光一扫，好像在看人其实却没在看人，扫完一眼，定住眼神，然后才把头抬起来，等到人们看完了她又将眼光一扫，然后低下头去，这就是所说的"态"。

【原文】

　　记曩时春游遇雨，避一亭中，见无数女子，妍媸不一，皆踉跄而至。中一缟衣贫妇，年三十许，人皆趋入亭中，彼独徘徊檐下，以中无隙地故也；人皆抖擞衣衫，虑其太湿，彼独听其自然，以檐下雨侵，抖之无益，徒现丑态故也。及雨将止而告行，彼独迟疑稍后，去不数武而雨复作，乃趋入亭。彼则先立亭中，以逆料必转，先踞胜地故也。然臆虽偶中，绝无骄人之色。见后入者反立檐下，衣衫之湿，数倍于前，而此妇代为振衣，姿态百出，竟若天集众丑，以形一人之媚者。自观者视之，其初之不动，似以郑重而养态；其后之故动，似以徜徉而生态。然彼岂能必天复雨，先储其才以俟用乎？其养也出之无心，其生也亦非有意，皆天机之自起自伏耳。当其养态之时，先有一种娇羞无那之致现于身外，令人生爱生怜，不俟娉婷大露而后觉也。

【译文】

　　记得从前有一次去春游遇上大雨，我到一个凉亭下去避雨。看见好几个女子，美丑不一，踉踉跄跄地跑到凉亭下来避雨。其中有一个穿着白衣的贫家女，年纪有三十左右。别的女子都跑入亭中避雨，只有她在亭檐下面独自徘徊，因为亭子里已经没有空地方了；别的女子都在抖衣服，是嫌衣服太湿，唯独她听其自然，没有动，因为亭檐下仍然有雨落进来，抖动也没有用处，只能白白地显露丑态了。等到雨快要停了，大家纷纷准备上路，只有她迟疑慢行，落在后面，没走几步，大雨就又下起来，于是大家就又跑到亭子里。她早已先站在亭子中央了，因为她料想大家还会转回来，就先占据了一个好地方。虽然她料想得十分准确，但没有一点骄傲的神色。她看见后进来的人反而站在亭檐下，衣服湿得更厉害了，就帮助她们抖动衣衫，那姿态真是让人百看不厌，就好像老天爷特意集合了一群丑女来衬托这一女子的俏媚。以旁人的角度来看她，她开始没有动，好像是用端庄的举动来显示自己的风度；后来她故意有举动，又好像是借来来去去的动作显示出自己的媚态。但她难道能预知天一定会再下雨，暗中准备好了对策出来的吗？我认为，她的风度不是存心表现出来的，她的媚态，也不是有意流露的，都是天生的风韵导致自然的流露。当她流露出媚态的时候，就先有了一种娇羞的神情萦绕着她的周身，让人不由得生起一种怜爱的感情，在她的媚态没显示出来之前就能感觉到。

【原文】

　　　　斯二者，皆妇人媚态之一斑，举之以见大较。噫！
以年三十许之贫妇，止为姿态稍异，遂使二八佳人，与
曳珠顶翠者皆出其下，然则态之为用岂浅鲜哉！

【译文】

　　以上的两件事例，都是女子媚态的一般表现，举出来让大家欣赏个大概。唉！年已三十左右的贫家女子，只是因为姿态与其他的人有些不一样，就使那些妙龄美女、豪门贵妇都甘拜下风。看来，风度媚态的作用，实在是不小啊！

【原文】

　　　　人问：圣贤神化之事，皆可造诣而成，岂妇人媚态
独不可学而至乎？予曰：学则可学，教则不能。人又问：
既不能教，胡云可学？予曰：使无态之人与有态者同
居，朝夕薰陶，或能为其所化；如莲生麻中，不扶自直，

鹰变成鸠，形为气感，是则可矣。若欲耳提而面命之，则一部廿一史，当从何处说起？还怕愈说愈增其木强，奈何！

有人问我：圣贤神仙的本事，都可以通过努力用功得到，难道单单女子的媚态不能通过学习来掌握吗？我回答说：学是可以学会的，但让别人教却是无法教会的。有人又问我：既然不能教，又怎么说能学呢？我回答说：让没有媚态的人和有媚态的人一同居住，朝朝暮暮薰陶，或许还能被同化；就像蓬草生长在麻地里，不用人扶它也会长得直，又像鹰变成鸠，形体受到空气的感化就可以了。倘若耳提面命一点一滴地教，就像拿一部《二十一史》似的，应该从哪个地方说起好呢？还怕越说越糊涂，越说越叫人发呆，真是无可奈何！

修　容 小序

【原文】

妇人惟仙姿国色，无俟修容；稍去天工者，即不能免于人力矣。然予所谓"修饰"二字，无论妍媸美恶，均不可少。俗云："三分人材，七分妆饰。"此为中人以下者言之也。然则有七分人材者，可少三分妆饰乎？即有十分人材者，岂一分妆饰皆可不用乎？曰：不能也。若是，则修容之道不可不急讲矣。

【译文】

女子中只有长得国色天香的，才不用去修饰；稍微差一点儿的，就免不了要人为修饰一下。但我所说的"修饰"二字对于女人，无论是漂亮的，还是丑的，都不可缺少。俗语说得好："三分人才，七分妆饰。"这是针对长得一般以下的人说的。但是有了七分长相的，就可以少了那三分打扮吗？就算是有了十分的长相，难道就一分打扮都不需要了吗？我说：当然不可以。正因为这样，关于打扮修饰的道理，我就不得不急着说出来。

【原文】

　　今世之讲修容者，非止穷工极巧，几能变鬼为神，我即欲勉竭心神，创为新说，其如人心至巧，我法难工，非但小巫见大巫，且如小巫之徒，往教大巫之师，其不遭喷饭而唾面者鲜矣。然一时风气所趋，往往失之过当。非始初立法之不佳，一人求胜于一人，一日务新于一日，趋而过之，致失其真之弊也。

【译文】

　　现在人间美容化妆的方法，不仅十分巧妙，几乎能把鬼变成神。我虽然绞尽脑汁，创造出一些新的理论，但其中人心深层次的东西，巧妙异常，我难以洞悉。如果要教导人心的东西，那就不仅仅像小巫见大巫了，简直就像小巫的弟子去指教大巫的先师，不叫别人把大牙笑掉，再喷上一脸的唾沫星儿才怪呢。然而，人们追求化妆美容时，常常会走极端。这倒不是因为当初理论方法上有什么不对之处，而是在此过程中，每个人都想超过别人，每一天都力求有新的形象，追求的过头了，就反而失去了真正的美。

【原文】

　　"楚王好细腰，宫中皆饿死；楚王好高髻，宫中皆一尺；楚王好大袖，宫中皆全帛。"细腰非不可爱，高髻大袖非不美观，然至饿死，则人而鬼矣。髻至一尺，袖至全帛，非但不美观，直与魑魅魍魉无别矣。此非好细腰、好高髻、大袖者之过，乃自为饿死，自为一尺，自为全帛者之过也。亦非自为饿死，自为一尺，自为全帛者之过，无一人痛惩其失，著为章程，谓止当如此，不可太过，不可不及，使有遵守者之过也。吾观今日之修容，大类楚宫之末俗，著为章程，非草野得为之事。但不经人提破，使知不可爱而可憎，听其日趋日甚，则在生而为魑魅魍魉者，已去死人不远；剢腰成一缕，有饿而必死之势哉！

【译文】

"楚王喜欢细柳般的腰肢，宫女们便都为减肥饿死了；楚王喜欢高挽的发髻，宫女们就都梳起一尺高的发髻；楚王喜欢带大袖子的衣裙，宫女们就全都用整匹的帛做袖子。"不是说杨柳细腰不惹人怜爱，也不是说高发髻、宽大袖子不美观，但是为了追求这种美而到饿死的地步，就把美人变成丑鬼了。发髻高达一尺，袖子用整匹的帛来做，非但算不上美观，简直和妖魔鬼怪没什么差别了。这不能说是喜欢杨柳细腰、高发髻和大袖子的人的过错，而是那些情愿饿死、情愿梳高髻、情愿穿大袖子的人的过错。退一步来讲，也可以说不是她们的过错，而是没有一个人狠狠地惩戒她们的过失，为她们创立一套章程，说好应当怎么做，怎样不要过分，也不要不及，好让她们有一个可以依照的标准，这才是过错的真正所在。我观察当前化妆美容的风气，简直就像沿袭了楚国王宫里的遗风。创立一套章程来让追求美的人们遵守，不是我这个草野小民所能胜任得了的事。但如果没有人出来把事情说明，不让她们清楚那样做不可爱，实际很可憎，听任她们日甚一日地胡乱修饰，那么那些活着的将自己打扮成妖魔鬼怪的人就距离死人不远了；更何况把腰瘦成一缕，必定会饿死人的！

【原文】

予为修容立说，实具此段婆心，凡为西子者，自当曲体人情，万毋遽发娇嗔，罪其唐突。

【译文】

我为修饰容貌所写的这些东西，实在是费了一番苦心的。凡是想成为西施般美人的女子，应当体谅我的这番情意，千万别恼怒嗔怪，责备我说话唐突。

盥栉

【原文】

盥面之法，无他奇巧，止是濯垢务尽，面上亦无他垢。所谓垢者，油而已矣。油有二种，有自生之油，有沾上之油。自生之油，从毛孔沁出，肥人多而瘦人少，似汗非汗者是也。沾上之油，从下而上者少，从上而下者多，以发与膏沐势不相离，发面交接之地势难保其不侵，况以手按发，按毕之后，自上而下亦难保其不相挨擦，挨擦所至之处，即生油发亮之处也。生油发亮，于面似无大损，殊不知一日之美恶系焉，面之不白不匀即从此始。从来上粉着色之地最怕有油，有即不能上色。倘于浴面初毕，未经搽粉之时，但有指大一痕为油手所污，追加粉搽面之后，则满面皆白而此处独黑，又且黑而有光，此受病之在先者也。既经搽粉之后，而为油手所污，其黑而光也亦然，以粉上加油，但见油而不见粉也，此受病之在后者也。

【译文】

　　洗脸的方法没有什么其他的巧妙，只是尽量清洗掉污垢就行了。脸上也没有别的脏东西，主要是油脂罢了。脸上的油脂分成二种，一种是自发分泌出来的油脂，一种是从外界沾染来的油脂。从脸上自发分泌的油脂是从汗毛孔里渗出的，一般胖人较多，瘦人较少，是一种像汗又不是汗的东西。从外界沾染上的油脂，从下而上沾染的比较少，从上而下沾染的就比较多。因为头发与抹油膏是分不开的，脸部与头发相接界的地方，难免会被发油浸染。况且人用手拍压头发，拍压完了，从上到下也难免不接触到脸部，被手接触到的地方，就容易出油发亮。出油发亮，这似乎对整个脸的美观并没有什么太大的影响，却不知道女子一天的美丑都跟这有关系。女子的脸不白，所涂抹的粉也不能均匀，都是从这开始的。搽粉涂胭脂的地方，向来最怕的就是有油脂，有油脂就无法顺利上色。倘若刚刚洗完脸，还没有搽脂粉的时候，就有手指大的一块地方被油手弄脏了，等到用脂粉搽过脸之后，就会造成满脸都抹白了，只有这一小块还是黑的，而且会发出油光，这是因为搽粉之前就出了毛病。如果脸上搽过脂粉之后被油手弄污了一块儿，也会变黑而且发亮，因为粉上沾了油脂，就会只看见油脂看不见粉了，这是在搽粉之后出了毛病。

【原文】

　　此二者之为患，虽似大而实小，以受病之处止在一隅，不及满面，闺人尽有知之者。尚有全体受伤之患，从古佳人暗受其害而不知者，予请攻而出之。从来拭面之巾帕，多不止于拭面，擦臂抹胸，随其所至；有腻即有油，则巾帕之不洁也久矣。即有好洁之人，止以拭面，不及其他，然能保其上不及发，将至额角而遂止乎？一沾膏沐，即非无油少腻之物矣。以此拭面，非拭面也，犹打磨细物之人，故以油布擦光，使其不沾他物也。他物不沾，粉独沾乎？凡有面不受妆，越匀越黑；同一粉也，一人搽之而白，一人搽之而不白者，职是故也。以拭面之巾有异同，非搽面之粉有善恶也。故善匀面者，必须先洁其巾。拭面之巾，止供拭面之用，又须用过即浣，勿使稍带油痕，此务本穷源之法也。

【译文】

这两种毛病对皮肤的损害似乎很大，实际上却很小，因为受到油污的地方只是一小块，不是整个脸，在闺中整天装扮自己的女子一般都懂得这个道理。还有一种会让整个脸部都受害的毛病，从古到今，美女佳人们都在暗暗地受它的害，却很少有人注意到了，请允许我把它揭露出来。人们用来擦脸的毛巾手帕，大多不是仅用于擦脸，有时图方便，还用它擦胳膊抹胸；那些有脏东西的地方，也就会有油脂，擦来擦去，时间久了，毛巾手帕就会无法保持洁净了。即使有讲卫生的人，只用它来擦脸，不擦其他部位，可是她能保证不让毛巾碰到头发，每次要擦到额角就停止不前了吗？毛巾一旦浸染头油，毛巾可就不是没有油腻的东西了。再用这样的毛巾擦脸，那就不再是想把脸擦干净了，这就像打磨细致工具的工匠，故意先用带油的布把东西擦光，不让它沾上别的东西。别的东西沾不上了，粉就能沾上吗？凡是化妆化不上，粉越抹越黑的脸，都是这种情况；同样一种脂粉，一个人搽在脸上会很白，另一个搽在脸上就不白，也是这样的原因。因为擦脸的毛巾有的干净有的不干净，而不是搽脸的粉有好坏之分。所以善于搽粉的人，一定要先把毛巾洗干净。擦脸的毛巾，只用来擦脸，而且是用完了马上洗，不让它有一点儿沾上油迹的机会，这样才是务求根本的办法啊。

【原文】

善栉不如善篦，篦者栉之兄也。发内无尘，始得丝丝现相，不则一片如毡，求其界限而不得，是帽也，非髻也，是退光黑漆之器，非乌云蟠绕之头也。故善蓄姬妾者，当以百钱买梳，千钱购篦。篦精则发精，稍俭其值，则发损头痛，篦不数下而止矣。篦之极净，使便用梳。而梳之为物，则越旧越精。"人惟求旧，物惟求新。"古语虽然，非为论梳而设。求其旧而不得，则富者用牙，贫者用角。新木之梳，即搜根剔齿者，非油浸十日，不可用也。

【译文】

　　善用梳子不如善用篦子，因为篦子是梳子的哥哥。头发里没沾上一点儿灰尘，才会丝丝如缕，显出整齐的样子。不然的话，它们就会粘成一片，像一块毛毡似的，发根之间都找不到界限，简直就像是顶帽子而不是发髻了；像是已经失去了光泽的黑漆的器具，而不像乌云一般婀娜盘绕的秀发了。所以我认为，那些会养姬妾的人家，都应该花一百钱去买个梳子，花一千钱买把篦子。篦子做工精细的，篦出来的头发也秀美，稍稍廉价一点儿的，就容易使头发受到损伤，头也会疼痛，篦不了几下就得停止。必须把头发篦得干干净净，才方便使用梳子。对头发而言，梳子是越旧越好。古语虽然说："人是旧的好，物是新的好。"但这句话却不适用于梳子。人们用梳子总要找旧的，找不到了，一些有钱财的人就使用象牙做的，没钱的穷人家就用兽角来制作。崭新没有用过的梳子，一用就容易拔掉头发根或者折断梳齿，不用油浸泡十天是无法使用的。

【原文】

　　古人呼髻为"蟠龙"。蟠龙者，髻之本体，非由妆饰而成。随手绾成，皆作蟠龙之势，可见古人之妆，全用自然，毫无造作。然龙乃善变之物，发无一定之形，使其相传至今，物而不化，则龙非蟠龙，乃死龙矣；发非佳人之发，乃死人之发矣。无怪今人善变，变之诚是也。但其变之之形，只顾趋新，不求合理；只求变相，不顾失真。凡以彼物肖此物，必取其当然者肖之，必取其应有者肖之，又必取其形色相类者肖之，未有凭空捏造，任意为之而不顾者。古人呼发为"乌云"，呼髻为"蟠龙"者，以二物生于天上，宜乎在顶。发之缭绕似云，发之蟠曲似龙，而云之色有乌云，龙之色有乌龙。是色也，相也，情也，理也，事事相合，是以得名，非凭捏造，任意为之而不顾者也。窃怪今之所谓"牡丹头""荷花头""钵盂头"，种种新式，非不穷新极异，令人改观，然于当然应有、形色相类之义，则一无取焉。人之一身，手可生花，江淹之彩笔是也；舌可生花，如来之广长是也；头则未见其生花，生之自今日始。此言不当然而然也。发上虽有簪花之义，未有以头为花，而身为蒂者；钵盂乃盛饭之器，未有倒贮活人之首，而作覆盆之象者，此皆事所未闻，闻之自今日始。此言不应有而有也。群花之色，万紫千红，独不见其有黑。设立一妇人于此，有人呼之为"黑牡丹""黑莲花""黑钵盂"者，此妇必艴然而怒，怒而继之以骂矣。以不喜呼名之怪物，居然自肖其形，岂非绝不可解之事乎？

【译文】

　　古代人称发髻为"蟠龙"。蟠龙是说发髻原来的形状，不是妆饰而成的。女子随手把头发一绾，就弄成了蟠龙的样子，由此可见，古代女子梳妆时，都是顺其自然，一点造作的成分都没有。不过，龙属于富于变化的动物，头发也没有固定的形状，若是流传到今天，样式还是没有变化，那么龙就不是蟠龙而是死龙了；同样，发髻也就不是美人的发髻，而是死人的发髻了。难怪今天的人们总是喜欢变换自己的发型，变换是好的。只是为了追求新奇，不管变换的式样是否符合情理；单单追求变换形象，却不管是不是失去了自然的美感。凡是想要模仿一件东西，一定要根据它客观实在的样子来模仿，要根据它本来应有的样子来模仿，而且一定要拿形状和颜色相近似的东西作参考来模仿。没有自己凭空捏造任意模仿而不顾其他的。古代人把头发称为"乌云"，把发髻称为"蟠龙"，是因为这两样东西都是存在于天上的，适合形容头顶上的发和髻。长头发缭绕卷曲像云朵一样，高发髻盘扎高耸像祥龙一般，而云有黑色的乌云，龙有黑色的乌龙，这指的是颜色。颜色、外观和情理，这几样搭配得十分贴切，所以就有了这些名称，并不是凭空捏造，什么都不管不顾，想怎么给它命名就怎么命名的。我私下里觉得很奇怪，当前人们所说的"牡丹头""荷花头""钵盂头"等新式发型，都在竭力地标新立异，让人改换旧形象，却一点儿都不考虑情理，外形是否和内在相符。人身上的各大部分中，手可以生花，梁朝江淹的五彩笔就是例子；舌头也可以生花，如来佛祖的广长舌就是例子；但我从来没听说过头也能生花，要是真能生，也是从今天才开始的。这是说不应该那样做的，却那样做了。女子虽然有在发髻上簪花的传统，但从来没有拿头作花，拿身体作蔓茎的；钵盂本来是盛饭用的器具，从来没有人把它倒过来装着活人的脑袋，倒过来扣着的。这些事过去从来没听过，现在才开始听到。不应该存在的事如今却存在了。花的颜色万紫千红，只是从未见过黑色的。假设有一个女子站在这里，有人喊她作"黑牡丹""黑莲花""黑钵盂"，她一定会勃然大怒，大怒之下甚至会骂人。不喜欢呼作其名的怪物，居然有人主动来模仿它的样子，难道不是一件实在无法让人理解的事吗？

【原文】

吾谓美人所梳之髻，不妨日异月新，但须筹为理之所有。理之所有者，其象多端，然总莫妙于云龙二物。仍用其名而变更其实，则古制新裁并行而不悖矣。勿谓止此二物，变来有限；须知普天下之物，取其千态万状，越变而越不穷者，无有过此二物者矣。龙虽善变，犹不过飞龙、游龙、伏龙、潜龙、戏珠龙、出海龙之数种。至于云之为物，顷刻数迁其位，须臾屡易其形，"千变万化"四字，犹为有定之称，其实云之变相，"千万"二字，犹不足以限量之也。若得聪明女子，日日仰观天象，既肖云而为髻，复肖髻而为云，即一日一更其式，犹不能尽其巧幻，毕其离奇，矧未必朝朝变相乎？若谓天高云远，视不分明，难于取法，则令画工绘出巧云数朵，以纸剪式，衬于发下，俟栉沐既成，而后去之，此简便易行之法也。云上尽可着色，或簪以时花，或饰以珠翠，幻作云端五彩，视之光怪陆离。但须位置得宜，使与云体相合，若其中应有此物者，勿露时花珠翠之本形，则尽善矣。

【译文】

我认为美人所梳的发髻，不妨可以日新月异地变换样式，但应该是符合情理的变化。符合情理的发式，变化也是多种多样的，但总的来说不会比乌云和蟠龙这两种更妙。如果仍用原来的名字却改变它的实际形状，那么古代的发式和现在的发式就可以并行不悖了。不要说只是这两样东西，变来变去的太有限；要知道，普天之下的事物，姿态的千变万化，越变越没有穷尽，但都没有超过这两者的。蟠龙虽然善变，但都超不出飞龙、游龙、伏龙、潜龙、戏珠龙、出海龙等几种样子。至于说到云这种东西，眨眼之间就几次变换位置，瞬息之间就可以变换好几种形态，"千变万化"这四个字，还属于有数字限定的说法，其实，云变换形态，用"千"和"万"两个字来形容，仍然是不足以表达其数量的。假使聪明的女子每天抬头观看天象，先模仿云的样子梳成发髻，再根据发髻的构造来模仿云的变化，那么，即使她们一天变换一个发型，也不能将云朵变化的巧妙离奇都模仿到，更何况她们还未必是天天都需要变换发型呢？如果说天空太高，云彩太远，看不清楚，难以模仿云的形状，可以让画工画出几朵巧妙的云形，照着剪出纸样，衬在头发的下面，等到洗浴梳理好了再把它取下来，这是简单方便容易操作的方法。在云髻上，可以往上面染点颜色，或者插上几朵鲜花，或者戴上几颗珍珠翡翠，幻化成云朵边上的五彩云霞，这看上去让人觉得光怪陆离。但插戴的时候要注意位置适合得体，使饰物和云髻的形状相互配合，就好像发髻中应该有这种东西。不要露出鲜花或珍珠翡翠本身的形状，就会达到完美了。

【原文】

　　肖龙之法：如欲作飞龙、游龙，则先以己发梳一光头于下，后以假髪制作龙形，盘旋缭绕复于其上。务使离发少许，勿使相粘相贴，始不失飞龙、游龙之义，相粘相贴则是潜龙、伏龙矣。悬空之法，不过用铁线一二条，衬于不见之处，其龙爪之向下者，以发作线，缝于光发之上，则不动矣。

【译文】

　　模仿龙梳发髻的方法如下：如果想要模仿的是飞龙、游龙的形状，那么就先把自己的头发在下面梳光，然后用假发做成龙的形状，使假发盘旋缭绕覆盖在头发上。一定要让它与头发有一点儿距离，不要让它与头发贴得太近，或粘在一起了，才会让它不失去游龙、飞龙的意义。贴得太近或粘在一起就成了潜龙和伏龙了。要让龙髻悬起来，不过是用一两条铁线衬在看不见的地方。如果龙的爪是向下伸的，就用头发丝作线，把它缝在光滑的头发上，它就不会乱动了。

【原文】

　　戏珠龙法，以髪作小龙二条，缀于两旁，尾向后而首向前，前缀大珠一颗，近于龙嘴，名为"二龙戏珠"。

出海龙亦照前式，但以假髻作波浪纹，缀于龙身空隙之处，皆易为之。是数法者，皆以云龙二物分体为之，是云自云而龙自龙也。

梳戏珠龙髻的方法，用假发做两条小龙，缀到头的两旁，龙尾指向后面，龙首向前面昂着，前头点缀着一颗大珠子，让它先靠近龙嘴，名字就叫"二龙戏珠"。梳出海龙似的发髻也可参照前边的样式，只要再用假发作成波浪形状，点缀在两条龙身体旁空隙的地方，都很好做。这几种方法，都是把云和龙分开模仿，结果是云为云，龙为龙。

【原文】

予又谓云龙二物势不宜分，"云从龙，风从虎"，《周易》业有成言，是当合而用之。同用一髻，同作一假，何不幻作云龙二物，使龙勿露全身，云亦勿作全朵，忽而见龙，忽而见云，令人无可测识，是美人之头，尽有盘旋飞舞之势，朝为行云，暮为行雨，不几两擅其绝，而为阳台神女之现身哉？

【译文】

我又认为云、龙两种形状实际上不能分开。"云随龙动，风伴虎生"，《周易》里面已经有这样的话，所以应当把它们合起来模仿。同样是使用假发，同样是作假，为什么不同时做出云和龙这两种模型呢？让龙不露出全身，云也分作几朵，忽而见龙，忽而见云，令人无法分辨。这样一来，美女的头发就一直有了盘旋飞舞的气势，清晨呈现出如流云的形状，晚间又变成绵绵雨丝，这不就穷尽了云和龙所有的变化态势，让人觉得是阳台神女现身了吗？

【原文】

噫！笠翁于此搜尽枯肠，为此髻者，不可不加尸祝。天年以后，倘得为神，则将往来绣阁之中，验其所制，果有神于花容月貌否也。

【译文】

唉！我在女子发髻造型上写得搜肠刮肚、绞尽脑汁，梳这种发髻的女子，一定要为我祝祷，表达崇敬的心情。我死了以后，如果能变成神仙，将会在女子绣房闺阁中往来出入，检验一下美人们梳的云髻、龙髻是不是更增添了她们的姿色。

薰　陶

【原文】

名花美女，气味相同，有国色者必有天香。天香结自胞胎，非由薰染，佳人身上实实有此一种，非饰美之词也。此种香气，亦有姿貌不甚姣艳，而能偶擅其奇者。总之一有此种，即是夭折摧残之兆，红颜薄命未有捷于此者。

【译文】

名花与美女，气味相同，姿色绝代的女子，一定有一种天生的香味。这种香味早在母胎里就形成了，不是靠后天薰染的。美貌佳人的身上确实有这么一种香味，这不是夸大其词。这种香气，有时一些姿色平平、不太娇艳的女子也会偶尔散发出来。总而言之，一旦有了这种香气，就是一种早逝，被摧残的征兆。美丽的女人命运不好，没有比这更快的。

【原文】

有国色而有天香，与无国色而有天香，皆是千中遇一，其余则薰染之力不可少也。其力维何？富贵之家，则需花露。花露者，摘取花瓣入甑，酝酿而成者也。蔷薇最上，群花次之。然用不须多，每于盥浴之后，挹取数匙入掌，拭体拍面而匀之。此香此味，妙在似花非花，是露非露，有其芬芳，而无其气息，是以为佳，不似他种香气，或速或沉，是兰是桂，一嗅即知者也。

【译文】

　　有倾国倾城的美色，又有天生而来的体香，和没有倾国倾城的美色但有天生体香的，都是一千个女人里面才能有一个，其他的有香气的人则依仗薰染的功劳。用薰染来生成香味，有什么办法呢？有钱有势的富贵人家，使用的是花露水。花露水就是把花瓣摘下来，放到小瓦罐里，捣碎酿制而成的。最上等的花是蔷薇花，其他的花就差了一些。用花露水的时候不要贪多，常常在每次洗浴之后，取出几匙倒在掌心，擦拭全身，轻轻拍打脸部，使花露涂抹均匀。这种香味，好就好在既像花香又不是花香，是露又不是露，只有芬芳的气味，而没有它本身的气息。所以这种香味是最好的，不像其他花露的香味，要么短暂要么沉重，是兰花还是桂花，用鼻子一闻就会知道。

【原文】

　　其次则用香皂浴身，香茶沁口，皆是闺中应有之事。皂之为物，亦有一种神奇，人身偶染秽物，或偶沾秽气，用此一擦，则去尽无遗。由此推之，即以百和奇香拌入此中，未有不与垢秽并除，混入水中而不见者矣，乃独去秽而存香，似有攻邪不攻正之别。皂之佳者，一浴之后，香气经日不散，岂非天造地设，以供修容饰体之用者乎？香皂以江南六合县出者为第一，但价值稍昂，又恐远不能致，多则浴体，少则止以浴面，亦权宜丰俭之策也。至于香茶沁口，费亦不多，世人但知其贵，不知每日所需，不过指大一片，重止毫厘，裂成数块，每于饭后及临睡时以少许润舌，则满吻皆香，多则味苦，而反成药气矣。

【译文】

　　其次是用香皂洗浴全身，用香茶漱口，这都是闺房女子应该的事情。香皂这种东西，也带有一种神奇的功效。人的身体偶尔沾染上了脏东西，或偶尔沾染上了臭味，用它一擦洗，就会洗得无影无踪、干干净净了。由此推理开去，就是用多种混合的上等香露与它同时使用，肯定能把污垢秽气一同除去的，混入水中就消失不见了。而且香皂能独独除去污秽之气留存下清香之气，似乎有只消除邪污而不消除正义的清香之气的独特功效。最上等的香皂，用它洗浴完毕之后，香味整天也不会散去。这难道不是自然生成专供美女们化妆美容装扮自己用的吗？香皂属江南六合县生产的最好，只是价格稍微高了一点儿，又担心距离太远买不到。如果多了就可以用它洗浴全身，少了就只用它洗脸，应该根据自身的实际条件来灵活掌握。至于说到用香茶来漱口，花费也不是很多。世人只知道香茶的昂贵，却不知道我们每日需要的只有指甲那么大一块，只有几毫几厘重。把一片香茶撕分成几小块，每天在用饭之后或者临睡之前用一点儿润润舌头，那么满嘴就都是香的，多了反而会有苦味，就变成药的气味了。

【原文】

　　凡此所言，皆人所共知，予特申明其说，以见美人之香不可使之或无耳。别有一种，为值更廉，世人食而但甘其味，嗅而不辨其香者，请揭出言之：果中荔子，虽出人间，实与交梨、火枣无别，其色国色，其香天香，乃果中尤物也。予游闽粤，幸得饱啖而归，庶不虚生此口，但恨造物有私，不令四方皆出。陈不如鲜，夫人而知之矣。殊不知荔之陈者，香气未尝尽没，乃与橄榄同功，其好处却在回味时耳。佳人就寝，止啖一枚，则口脂之香，可以竟夕，多则甜而腻矣。须择道地者用之，枫亭是其选也。人问：沁口之香，为美人设乎？为伴美人者设乎？予曰：伴者居多。若论美人，则五官四体皆为人设，奚止口内之香。

【译文】

　　这里所说的都是人们所知道的，我在此特意重新阐述一遍，是为了说明，美女身上不能一刻没有香气。另外，还有一样东西，价格很便宜，世人把它吃在嘴里，只知道它很甜，但辨别不出是什么香味，我这里就把它展示出来：水果中的荔枝，虽然生长在人间，但它和神仙们吃的交梨、火枣这些仙物没什么区别，它的颜色可以说是国色，它的香味可以称得上天香，实在是果品中的尤物。我以前在福建、广东等地游玩的时候，很幸运地饱吃了一顿荔枝才回来，可以说这辈子没有白长这张嘴了。我只是很遗憾造物主私心太重，没有让四面八方的土地都生产这种水果。荔枝陈旧的不如新鲜的好吃，这是人们都知道的。但人们却不知道陈荔枝的香气并没有完全失掉，其实它有点儿类似于橄榄，好处都是在回味的时候。美女在临睡之前，只吃一枚荔枝，就可以保持一夜都有满口的香气，多吃了反而会让人觉得甜得发腻。吃荔枝必须选择味道地道的吃，枫亭荔枝就不错。有人会问：回旋在口中的香味，是给美女设置的呢？还是给陪伴美女的人设置的呢？我说：多半是为那些陪伴美女的人设置的。因为美女的五官四肢都是为人设置的，何止这口中的香气。

点　　染

【原文】

　　"却嫌脂粉污颜色，淡扫蛾眉朝至尊。"此唐人妙句也。今世讳言脂粉，动称污人之物，有满面是粉而云粉不上面，遍唇皆脂而曰脂不沾唇者，皆信唐诗太过，而欲以虢国夫人自居者也。噫！脂粉焉能污人，人自污耳。人谓脂粉二物，原为中材而设，美色可以不需。予曰不然。惟美色可施脂粉，其余似可不设。何也？二物颇带世情，大有趋炎附势之态，美者用之愈增其美，陋者加之更益其陋。使以绝代佳人而微施粉泽，略染腥红，有不增娇益媚者乎？使以媚颜陋妇而丹铅其面，粉藻其姿，有不惊人骇众者乎？询其所以然之故，则以白者可使再白，黑者难使遽白；黑上加之以白，是欲故显其黑，而以白物相形之也。

【译文】

　　"却嫌脂粉污颜色，淡扫蛾眉朝至尊。"这是唐人的妙句。今天人们常常忌讳谈论脂粉，动不动就说它是污染人的东西。有的满面涂着粉却说从来不用粉，满嘴唇都搭着胭脂却说从来不用胭脂，这都是过分相信唐诗了，想以虢国夫人自居认为自己不涂抹脂粉也很漂亮。唉！脂粉怎么会弄脏人，只不过是人们弄脏了自己罢了。有人说脂、粉这两样东西，原来是为长得一般的人准备的，美貌的女子用不着它。我说不是这样。只有美貌女子才可以施用脂粉，其他不美丽的女子似乎可以不用。为什么呢？因为脂和粉这两样东西都带有世俗气，很有些趋炎附势的性格。美貌的人用了它会更加美貌，丑陋的人用了它却显得更加丑陋。假如让一个绝代美女略微施用一点儿粉，略微点染一点儿胭脂，能不增加她的娇美妩媚吗？但是如果给一个长相丑陋的女子描眉画眼，在她脸上涂厚厚的一层粉，能不叫人大吃一惊吗？为什么会这样呢？那是因为粉有趋炎附势的性格，可以让皮肤白的变得更白，皮肤黑的涂了粉后，却不能马上变白；在黑色皮肤上面涂上一层白粉，等于是故意要使黑色突出，用白粉来作反衬。

【原文】

　　　　试以一墨一粉，先分二处，后合一处而观之，其分处之时，黑自黑而白自白，虽云各别其性，未甚相仇也；迨其合处，遂觉黑不自安而白欲求去。相形相碍，难以一朝居者，以天下之物，相类者可使同居，即不相类而相似者，亦可使之同居，至于非但不相类、不相似，而且相反之物，则断断勿使同居，同居必为难矣。此言粉之不可混施也。

【译文】

　　试着把墨和粉先分别放在两个地方，然后再合在一起观察它们。当它们分开放的时候，它们黑的是黑的，白的就是白的，虽然说各自有各自的特性，但还不太相互排斥；等合到一起时，就会让人觉得黑的很不舒服，而白的则有逃离的意思。两种东西互相对比妨碍，难以在一起相处。原因就在于天底下的事物，同类的可以放在一起，不同类但有相似之处的也可以放在一起。至于说那些不是一类，也没有相似之处甚至完全相反的东西，万万不可放在一起，放在一起就会发生冲突，造成麻烦。这是说粉是不可乱用的。

【原文】

　　　　脂则不然，面白者可用，面黑者亦可用。但脂粉二物，其势相依，面上有粉而唇上涂脂，则其色灿然可爱，倘面无粉泽而止丹其唇，非但红色不显，且能使面上之黑色变而为紫，以紫之为色，非系天生，乃红黑二色合而成之者也。黑一见红，若逢故物，不求合而自合，精

闲情偶寄

光相射，不觉紫气东来，使乘老子青牛，竟有五色灿然
之瑞矣。

【译文】

　　胭脂就不同了，脸白的人可以用，脸黑的人也可以用。但胭脂和粉这两样
化妆品是互相依附的，脸上若搽了粉，再在唇上涂点儿胭脂，颜色就显得鲜明
可爱。倘若脸上没有搽粉，只是染红了嘴唇，不但红色不够鲜明，还会使脸上
的黑色变得发紫。作为一种颜色，紫色不是天生的，而是红和黑混合而形成
的。黑色一遇到红色，就像遇到自己老朋友似的，不让它们合在一起它们也要
自己合在一起。两种颜色互相辉映，不知不觉间就生出一片紫气。假如再让这
女子坐上老子的青牛，没准儿她的脸上还会幻化出五彩斑斓的祥光呢。

【原文】

　　若是，则脂粉二物，竟与若辈无缘，终身可不用矣，
何以世间女子人人不舍，刻刻相需，而人亦未尝以脂粉
多施，摈而不纳者？曰：不然。予所论者，乃面色最黑
之人，所谓不相类、不相似，而且相反者也。若介在黑
白之间，则相类而相似矣，既相类而相似，有何不可同
居？但须施之有法，使浓淡得宜，则二物争效其灵矣。
从来傅粉之面，止耐远观，难于近视，以其不能匀也。
画士着色，用胶始匀，无胶则研杀不合；人面非同纸绢，
万无用胶之理，此其所以不匀也。有法焉：请以一次分
为二次，自淡而浓，由薄而厚，则可保无是患矣。

【译文】

　　由此可见，胭脂和粉竟然和脸色黑的女人没有缘分，一辈子都可以不用的。
但为什么世上的女子都舍不得它们，时时刻刻都需要它们，而世上的男人们也从
来没有因为某个女子多搽了些脂粉就抛弃了她呢？我说：事情并不是那么简单的。
我上面所说的是脸色最黑的，就是所说的不同类、不相似，而且相反的情况。
倘若是介于黑白色之间的，就属于同类而且有相似之处了。既然是同类的，而且
有相似之处，为什么不能够放在一起呢？但浓淡必须要用得得法，使浓淡配合
恰当，这样它们二者就都可以发挥出自己的作用了。涂了粉的脸，向来只适合远
观，不适合近瞧，因为粉很难涂抹均匀。画匠在给画上色的时候，只有用胶水来

调和颜料才能把色彩涂抹均匀，没有胶水在其中起作用，即使把颜料研磨得再碎也调不匀；人的脸和画画用的绢、纸不一样，绝对没有借助胶水的道理，这就是涂的粉不均匀的原因。不过，还是有办法的：把一次用的粉，分成两次涂，由淡到浓，由薄到厚地抹，就可以绝对看不出不均匀的毛病。

　　　　请以他事喻之：砖匠以石灰粉壁，必先上粗灰一次，后上细灰一次；先上不到之处，后上者补之；后上偶遗之处，又有先上者衬之，是以厚薄相均，泯然无迹。使以二次所上之灰，并为一次，则非但拙匠难匀，巧者亦不能遍及矣。粉壁且然，况粉面乎？今以一次所傅之粉，分为二次傅之，先傅一次，俟其稍干，然后再傅第二次，则浓者淡而淡者浓，虽出无心，自能巧合，远观近视，无不宜矣。此法不但能匀，且能变换肌肤，使黑者渐白。

【译文】

　　我可以打个比方：砖匠用石灰粉刷墙壁，总是先刷上一遍粗灰，之后再拿细刷子一点点儿地细抹；先前没有刷上的地方，用细灰补上；再有遗漏的地方，有先刷上去的灰衬着，所以就显得厚薄均匀，一点漏痕都不会有。倘若把两次刷的灰一次就刷完了，不但笨拙的工匠难以刷均匀，就算是能工巧匠也无法涂得均匀。刷墙都存在这个问题，更何况是要求更高的在脸上涂粉呢？如果把一次用的粉，分成两次来抹，先抹一遍，等它稍干点了，再抹第二遍，这样一来，浓的地方就会变淡，淡的地方就会变浓。虽然是出于无心，但它们自己也会融合到一起。结果擦出的脸，从远处看，近处看，效果都不错。采用这种方法，不仅能把脸上的脂粉抹均匀，还可以改善皮肤的颜色，使黑色的皮肤渐渐变白。

【原文】

　　　　何也？染匠之于布帛，无不由浅而深，其在深浅之间者，则非浅非深，另有一色，即如文字之有过文也。如欲染紫，必先使白变红，再使红变为紫，红即白紫之过文，未有由白竟紫者也；如欲染青，必使白变为蓝，再使蓝变为青，蓝即白青之过文，未有由白竟青者也。如妇人面容稍黑，欲使竟变为白，其势实难。今以薄粉先匀一次，是其面上之色已在黑白之间，非若曩时之纯黑矣；再上一次，是使淡白变为深白，非使纯黑变为全白也，难易之势，不大相径庭哉？由此推之，则二次可广为三，深黑可同于浅，人间世上，无不可用粉匀面之妇人矣。此理不待验而始明，凡读是编者，批阅至此，即知湖上笠翁原非蠢物，不止为风雅功臣，亦可谓红裙知己。

【译文】

　　为什么呢？染匠染布的时候，都是由浅到深，处在深浅之间的颜色则不浅也不深，是另外一种色，就像文字中有过渡文字一样。比如想染成紫色，一定要先把白色染成红色，再把红色染成紫色，红色就是白色和紫色的过渡，从来没有从白色一下子变成紫色的；又比如想染青色，一定要先把白色染成蓝色，再把蓝色染成青色，蓝色就是白色和青色的过渡，从来没有从白色一下子就变成青色的。如果某个女子的脸色稍微有点儿黑，想要把它变白，确实很有难度。现在用粉先薄薄地涂上一层，这时脸色就处在黑和白之间了，不再是先前的纯黑色了；再涂上一层之后，就使浅白变成了深白，不是把纯黑的一下子变成深白的，难易的情况，不是大相径庭了吗？由此可以类推一下，两次还可以扩展为三次，深黑的就会变成等同于浅黑的，人间世上，就没有不能用粉来涂匀脸的女人了。这个道理不用证明就很明白了。凡是阅读这本书的，读到这一章时，就会知道我李渔原来不是个蠢才。我不但是对风雅有所贡献的人，也可以说是红粉美人的知音。

【原文】

　　初论面容黑白，未免立说过严。非过严也，使知受病实深，而后知德医人果有起死回生之力也。舍此更有二说，皆浅乎此者，然亦不可不知：匀面必须匀项，否则前白后黑，有如戏场之鬼脸。匀面必记掠眉，否则霜花覆眼，几类春生之社婆。至于点唇之法，又与匀面相反，一点即成，始类樱桃之体；若陆续增添，二三其手，即有长短宽窄之痕，是为成串樱桃，非一粒也。

【译文】

　　最初我讨论脸色黑白问题，未免会要求太严格。其实也不是过于严格，只不过是想让女子们知道自己病得实际上很严重了，然后好来感谢我这个神医，知道我确实有起死回生的法力。除了这一点之外，还有两点需要注意，虽然都比这点浅显一点，却不可以不知道：首先，搽的时候，一定要把粉往脖子后头搽一点儿，否则的话，会造成前面白，后面黑，好比是戏台上的鬼脸了。其次，搽脸的时候必须记着擦擦眉毛，不然粉屑就会盖住眼睛，就几乎像春天里祭祀的巫婆。至于说点染唇的方法，和搽脸正好相反，点一下就好，这样才会像樱桃的样子；若是陆陆续续一点点地抹，不是一下子完成，就会露出长短宽窄的痕迹，变成整串的樱桃，而不是一颗了。

治　服　小序

【原文】

　　古云："三世长者知被服，五世长者知饮食。"俗云："三代为宦，着衣吃饭。"古语今词，不谋而合，可见衣食二事之难也。饮食载于他卷，兹不具论，请言被服一事。

【译文】

　　古人说得好："三代的长者知被服，五代的长者知饮食。"俗话也说："三代为宦，着衣吃饭。"古今话语，不谋而合，可见穿衣和吃饭两件事的困难。关于饮食，我在另一章里已讲过了，这里不再赘述，只说一说穿着方面的事。

【原文】

　　寒贱之家，自羞褴褛，动以无钱置服为词，谓一朝发迹，男可翩翩裘马，妇则楚楚衣裳。孰知衣衫之附于人身，亦犹人身之附于其地。人与地习，久始相安，以极奢极美之服，而骤加俭朴之躯，则衣衫亦类生人，常有不服水土之患。宽者似窄，短者疑长，手欲出而袖使之藏，项宜伸而领为之曲，物不随人指使，遂如桎梏其身。"沐猴而冠"为人指笑者，非沐猴不可着冠，以其着之不惯，头与冠不相称也。

【译文】

　　家境贫寒的人家，对自己衣服的破旧感到很羞耻，动不动就以没钱买衣服为借口，并声称有朝一日发迹了，我们家的男子也会穿上皮衣，跨上骏马，显示出翩翩风度；我们家的女子也会穿上华贵衣衫，显示出楚楚媚态。他们却哪里知道，衣衫穿在人身上，也跟人生活在某个地方一样需要适应。人们住在一个地方，时间久了才能适应当地的风俗。如果把非常昂贵非常漂亮的衣服突然穿在一个生性俭朴的人身上，那么衣服就会像人一样，常常会发生水土不服的病患。本来很宽大的衣服他会认为很窄，明明很短的衣服他会怀疑是不是长了。手想伸出来，袖子却好像总要把它藏在里面，脖子想伸直，领子却故意让它直不起来。衣服不听人的指挥，就像人把枷锁套在了身上。"沐猴而冠"被人指点着嘲笑的原因，不是因为猕猴不可以戴帽子，而是因为它戴着不适合，头和帽子不相称。

【原文】

　　　此犹粗浅之论，未及精微。"衣以章身"，请晰其解。章者著也，非文采彰明之谓也；身非形体之身，乃智愚贤不肖之实备于躬，犹"富润屋，德润身"之身也。同一衣也，富者服之章其富，贫者服之益章其贫；贵者服之章其贵，贱者服之益章其贱。有德有行之贤者，与无品无才之不肖者，其为章身也亦然。

【译文】

　　这还只是粗浅的道理，没有涉及到精微深细的地方。"衣以章身"，请让我分析一下这句话的含义。"章"，就是显著的意思，不是指文彩彰明的意思；"身"也不是身体的"身"，而是指聪慧、愚蠢、贤德、不肖气质的载体，就

闲情偶寄

好比是《大学》中"富润屋，德润身"的"身"。同样一件衣服，富人穿上就会显出他的富，穷人穿上却更显出他的穷；有身份的人穿上会显示出他的身份，身份低贱的人穿上会更显示出他的低贱。品德高尚的贤人和没有品德没有才能的小人穿上同一件衣服，也会显出各自不同的气质。

【原文】

　　设有一大富长者于此，衣百结之衣，履踵决之履，一种丰腴气象，自能跃出衣履之外，不问而知为长者。是敝服垢衣亦能章人之富，况罗绮而文绣者乎？丐夫菜佣窃得美服而被焉，往往因之得祸，以服能章贫，不必定为短褐，有时亦在长裾耳。"富润屋，德润身"之解，亦复如是。富人所处之屋，不必尽为画栋雕梁，即居茅舍数椽，而过其门入其室者，常见荜门圭窦之间，自有一种旺气，所谓"润"也。公卿将相之后，子孙式微，所居门第未尝稍改，而经其地者觉有冷气侵入，此家门枯槁之过，润之无其人也。从来读《大学》者未得其解，释以雕镂粉藻之义，果如其言，则富人舍其旧居，另觅新居而加以雕镂粉藻；则有德之人亦将弃其旧身，另易新身，而后谓之心广体胖乎？

【译文】

　　假设有一个富有的长者站在这儿，身上穿着满是补丁的衣服，脚上穿着露脚的鞋子，他身上的富贵丰腴气质，仍然能够从破衣烂鞋之下显露出来，不用问别人就会知道他是个富贵的老人。由此可见，破衣烂衫也能显示出一个人的富贵，更何况那些绣花的绫罗绸衣呢？乞丐和种菜的仆人偷来的漂亮衣服穿在身上，往往会被人识破，因此惹祸。这是因为衣服能显示出人的贫贱，不一定非得是短襟的粗布衣，有时大袍大袖的衣服也会让人显露出贫贱之态。"富润屋，德润身"的道理，也是这样的。富人居住的房子，不一定都得非常豪华，即使住在几间茅屋里，经过他的家门或进入他屋中的人，也会在柴门墙洞之间感觉到一种兴旺的气息，即所说的"润"。公卿将相的后代，子孙衰落了，他们居住的门第宅院丝毫也没有改动过，但从门前经过的人，总会觉得很清冷，这是因为家族枯萎衰落造成的，没有人滋润它了。学习《大学》的人，一直都不理解"富润屋，德润身"的意思，常把"润"解释成修饰。倘若果真是这样的话，那么富人就会舍弃他的旧屋，再寻找新房子，进行雕镂粉饰；而道德高尚的人，不也会丢掉他旧的身体，另外寻找新的身体，然后再说他们心宽体胖了吗？

【原文】

甚矣！读书之难，而章句训诂之学非易事也。予尝以此论见之说部，今复叙入闲情。噫！此等诠解，岂好闲情、作小说者所能道哉？偶寄云尔。

【译文】

读书实在是太难了！学习章句训诂不是一件容易的事啊。我以前曾把这种观点写进小说里，现在又把它拿到这里来论说。唉！这种耐心细致的解释，又哪里是有闲情写小说的人作得出来的呢？我不过偶尔写一下心中所想罢了。

首　饰

【原文】

珠翠宝玉，妇人饰发之具也，然增娇益媚者以此，损娇掩媚者亦以此。所谓增娇益媚者，或是面容欠白，或是发色带黄，有此等奇珍异宝覆于其上，则光芒四射，能令肌发改观，与玉蕴于山而山灵，珠藏于泽而泽媚同一理也。若使肌白发黑之佳人满头翡翠，环鬓金珠，但见金而不见人，犹之花藏叶底，月在云中，是尽可出头露面之人，而故作藏头盖面之事。巨眼者见之，犹能略迹求真，谓其美丽当不止此，使去粉饰而全露天真，还不知如何妩媚；使遇皮相之流，止谈妆饰之离奇，不及姿容之窈窕，是以人饰珠翠宝玉，非以珠翠宝玉饰人也。

【译文】

　　珍珠美玉是女人的头发饰物，但增加女子妩媚的是它们，有损女子妩媚的也是它们。说它们可以增加女子的妩媚，原因在于有的女子脸色不够白皙，有的女子发色稍黄，有这种奇珍异宝点缀在头发上，就会大放异彩，能让肤色大有改善。这种情况跟宝玉藏在山里，山就灵秀，宝珠藏在水里，水就柔媚，是同一个道理。倘若让一个肤色白皙、头发油黑的美女，满头都戴着翡翠，插着金珠，结果就会只见得着金银珠宝，却看不见人了。这好比鲜花藏到叶子底下、月亮藏在云里，等于说是让应该露面的人故意地藏住了头脸。眼正目大的，还能穿过那些装饰之物看到她的真面目，看清楚她的容貌是更加美丽的，如果让她把头上的珠宝翠玉都拿掉，还不知道会是怎样的娇媚动人呢；然而要是碰上了只看外表的人，只知道谈论离奇的妆饰，不懂得去欣赏人本身真实的美丽，那就等于是用人来装饰珠宝翠玉等东西，而不是用珠宝翠玉来装扮人了。

【原文】

　　故女子一生，戴珠顶翠之事止可一月，万勿多时。所谓一月者，自作新妇于归之日始，至满月卸妆之日止。只此一月，亦是无可奈何。父母置办一场，翁姑婚娶一次，非此艳妆盛饰，不足以慰其心，过此以往，则当去桎梏而谢羁囚，终身不修苦行矣。一簪一珥，便可相伴一生。此二物者，则不可不求精善。富贵之家，无妨多设金玉犀贝之属，各存其制，屡变其形，或数日一更，或一日一更，皆未尝不可。贫贱之家，力不能办金玉者，宁用骨角，勿用铜锡；骨角耐观，制之佳者，与犀贝无异，铜锡非止不雅，且能损发。

【译文】

　　所以，女子一辈子最佳的选择是只戴一个月的珠宝翠玉，万万不可戴太长的时间。这一个月，指的是从作新娘出嫁那一天算起，到满月卸妆的那一天为止。只戴这一个月，也还是因为没有办法的事情。父母亲操办了一回，公婆家聘娶了一次，不浓妆艳抹，就不能够安慰他们的心。等过了这段特殊的日子，就应当把那些饰物都去掉，拒绝接受它们的束缚，终生不再忍耐顶着珠宝、挂戴翠玉的痛苦生活了。女子只要一只发簪和一对耳环就足以陪伴一生。这两样东西就不可不讲求精致完美了。富贵之家，不妨多储存一些，金簪、玉簪、犀角簪、贝壳簪等等，每样都有一些可以不断地变换插戴，有时可以隔几日换一个样，有时就一天换一次，都没什么大不了的。贫穷人家，没钱去买金簪、玉簪的，宁可用骨或牛角做的，也不要用铜或锡做的；骨或牛角做的很耐看，手工细致的，和犀角的、贝壳的没有什么明显差别，铜或锡做成的簪子不但看上去不雅观，还会损伤头发。

【原文】

　　簪珥之外，所当饰鬓者，莫妙于时花数朵，较之珠翠宝玉，非止雅俗判然，且亦生死迥别。《清平调》之首句云："名花倾国两相欢。"欢者喜也，相欢者，彼既喜我，我亦喜彼之谓也。国色乃人中之花，名花乃花中之人，二物可称同调，正当晨夕与共者也。汉武云："若得阿娇，贮之金屋。"吾谓金屋可以不设，药栏花榭则断断应有，不可或无。富贵之家，如得丽人，则当遍访名花，植于阃内，使之旦夕相亲，珠围翠绕之荣不足道也。晨起簪花，听其自择，喜红则红，爱紫则紫，随心插戴，自然合宜，所谓两相欢也。寒素之家，如得美妇，屋旁稍有隙地，亦当种树栽花，以备点缀云鬓之用。他事可俭，此事独不可俭。妇人青春有几？男子遇色为难。尽有公侯将相、富室大家，或苦缘分之悭，或病中宫之妒，欲亲美色而毕世不能。我何人斯？而擅有此乐，不得一二事娱悦其心，不得一二物妆点其貌，是为暴殄天物，犹倾精米洁饭于粪壤之中也。

【译文】

　　除了簪子、耳环之外，还可以点缀头发的，就没有比鲜花更好的了。鲜花和珠宝翠玉相比，不但有明显的雅俗之分，而且还有死板和富于生气的差别。李白《清平调》的头一句就说："名花倾国两相欢。""欢"的意思是欢喜，"相欢"就是说你喜欢我，我也喜欢你。有倾国之貌的美女是人中之花，名花则是花中之人，国色和名花可以说是具有同样的气质，正好应该朝夕相伴。汉武帝刘彻曾经说过："如果能得到阿娇作妻子，我就让人造一间黄金屋把她藏起来。"我认为金屋可以没有，但种花的地方却万万不能没有的。富贵人家要是得到个美人，就应当到各处去搜罗名贵花种，栽种在庭院里，让美人们和花朝夕相伴。那么戴玉环珠的荣华富贵就不值得一提了。美女在清晨起床后到院中簪花，可以由她任意选择。喜欢红花的就簪红花，喜欢紫花的就簪紫花，愿意怎样戴就怎样戴，自然便会显得十分适宜，这便是《清平调》中所说的"两相欢"的意思。贫寒人家要是娶到了一个美貌女子，住房的旁边稍稍有点儿空地，就应该种些树木栽些花草，以供美人点缀云鬟。其他的事情可以简省，唯独这件事不能节省。女子美好的年华能有多长时间呢？男子遇到美丽的女子是很困难的。公侯将相、富贵人家的男子，或因为没有缘分，或因为妻子好吃醋，想亲近美人，一辈子也做不到。这种无福的人多得很，而我又算什么东西，竟然有幸能享受到这种乐趣？不想出些办法让美女心里高兴，不拿一两样妆饰品装扮她的容貌，简直就是浪费宝物，好比把精致的米饭倒到粪土里去了。

【原文】

　　即使赤贫之家，卓锥无地，欲艺时花而不能者，亦当乞诸名园，购之担上。即使日费几文钱，不过少饮一杯酒，既悦妇人之心，复娱男子之目，便宜不亦多乎？更有俭于此者，近日吴门所制象生花，穷精极巧，与树头摘下者无异，纯用通草，每朵不过数文，可备月余之用。绒绢所制者，价常倍之，反不若此物之精雅，又能肖真。而时人所好，偏在彼而不在此，岂物不论美恶，止论贵贱乎？噫！相士用人者，亦复如此，奚止于物？

【译文】

　　即使是赤贫的人家，一点儿空地都没有，想种鲜花却没有条件的，也应该到别人家的花园里去要一些，到卖花郎那里买几朵。就算每天花掉几文小钱，也只不过相当于少喝了一杯浊酒。这样既取悦了女子的心，又愉悦了自己的眼睛，不是也挺便宜的吗？还有一种更省钱的办法，最近苏州人造出的假花非常精致，和从树上摘下来的没有什么差别，这种花是用通草做的，每朵不过几文钱，却可以佩戴一个多月。用绒绢制成的绢花价格要高出一倍，倒比不上通草做的别致典雅。但当今人们偏偏喜欢用绢做的假花，而不太喜欢用草做的假花。东西怎么能不论好坏，只论贵贱呢？唉！看人挑选人才往往是这样，又哪里是只限于对待东西呢？

【原文】

　　吴门所制之花，花象生而叶不象生，户户皆然，殊不可解。若去其假叶而以真者缀之，则因叶真而花益真矣。亦是一法。

【译文】

　　苏州人制作的鲜花，花像真的，叶子却不像真的，每家每户做的都是这样，很难理解。倘若把它的假叶子去掉而换成真叶子，就可以因为花叶是真的而显得花也像真花了。这也算是一个办法。

【原文】

　　时花之色，白为上，黄次之，淡红次之，最忌大红，尤忌木红。玫瑰，花之最香者也，而色太艳，止宜压在髻下，暗受其香，勿使花形全露，全露则类村妆，以村妇非红不爱也。

【译文】

　　鲜花的颜色，白色的最好，黄色的稍稍逊色一点儿，淡红色又稍微差了一点儿。最令人忌讳的是大红的颜色，尤其是大红中的水红色的。鲜花中最香的要属玫瑰，但颜色过于艳丽，只适合放在发髻的下边，让它暗暗地发出香味。不要让花的形体完全暴露出来，完全暴露出来，就会像农村人的打扮了，因为农村妇女除了大红色之外，什么颜色都不喜欢。

【原文】

　　花中之茉莉，舍插鬓之外，一无所用。可见天之生此，原为且妆而设，妆可少乎？珠兰亦然。珠兰之妙，十倍茉莉，但不能处处皆有，是一恨事。

【译文】

　　鲜花中的茉莉，除了适于戴在鬓角上，再没有其他用处了。可见老天爷造出这种花，原本就是为了让女子更加美丽。梳妆打扮少得了吗？珠兰花也一样，它要比茉莉花美妙十倍，只可惜不能到处都见到，这是一大遗憾。

【原文】

予前论髻，欲人革去"牡丹头""荷花头""钵盂头"等怪形，而以假发作云龙等式。客有过之者，谓"吾侪立法，当使天下去赝存真，奈何教人为伪？"余曰："生今之世，行古之道，立言则善，谁其从之？不若因势利导，使之渐近自然。"妇人之首，不能无饰，自昔为然矣，与其饰以珠翠宝玉，不若饰之以髮。髮虽云假，原是妇人头上之物，以此为饰，可谓还其固有，又无穷奢极靡之滥费，与崇尚时花，鄙黜珠玉，同一理也。予岂不能为高世之论哉？虑其无裨人情耳。

【译文】

我上面讨论发髻时，想叫女子们废掉"牡丹头""荷花头""钵盂头"等奇形怪状的发型，而主张用假发作出云和龙的发式。有个客人来拜访我，问我说："我们创立梳妆打扮的基本法则，应该指导天下的女人去伪存真，你却为什么教人作起假来了？"我回答他说："生活在当今时代，却要实行古代的法则。观点倒是不错，但有谁会去听从呢？还不如因势利导，使她们的发型逐渐接近自然。"女子的头上不能没有饰品，从过去就有这种习俗。与其任凭她们戴上那些珠宝翠玉，还不如让她们用假发来修饰。假发虽然是假的，毕竟原本就是女人头上生出的东西，用它来打扮，可以说是还它本来面目，又不穷奢极靡地滥用钱。这与崇尚鲜花，摈弃珍珠玉石，是同一个道理。我对此不是没有高见，而是担心这样说与人情不符。

【原文】

簪之为色，宜浅不宜深，欲形其发之黑也。玉为上，犀之近黄者、蜜蜡之近白者次之，金银又次之，玛瑙琥珀皆所不取。簪头取象于物，如龙头、凤头、如意头、兰花头之类是也。但宜结实自然，不宜玲珑雕斫；宜与发相依附，不得昂首而作跳跃之形。盖簪头所以压发，服贴为佳，悬空则谬矣。

【译文】

　　簪子的颜色适宜浅而不适宜深，因为所戴的簪子要衬托出头发的黑才好。玉簪子是最好的，接近黄色的犀角簪和接近白色的蜜蜡簪稍稍逊色一点儿，金银簪子就更差了，玛瑙簪、琥珀簪根本就不能用。簪子是仿造别的东西的形状造的，比如龙头、凤头、如意头、兰花头之类的形状。但都应该结实自然，而不应精雕细刻；最好是和头发相互映衬，不能一抬头就跳来跳去的。因为簪头发就是为了压住头发，越服贴越好，悬在空中就不对了。

【原文】

　　饰耳之环，愈小愈佳，或珠一粒，或金银一点，此家常佩戴之物，欲名丁香，肖其形也。若配盛妆艳服，不得不略大其形，但勿过丁香之一倍二倍。既当约小其形，复宜精雅其制，切忌为古时络索之样，时非元夕，何须耳上悬灯？若再饰以珠翠，则为福建之珠灯，丹阳之料丝灯矣！其为灯也犹可厌，况为耳上之环乎？

【译文】

　　耳环是越小越好，或者是一颗小珠子，或者是一小块儿金银，这是家常佩戴的东西，俗名称作"丁香"，是因为像丁香花的形状。如果想和盛妆艳服相搭配，耳环就不得不略微大一点，但也不要比丁香大一两倍。挑选耳环，既要考虑其小巧，又要考虑其做工的精细雅致，千万不能弄成古代璎珞的样子——又不是元宵之夜，凭什么要在耳朵上挂一串灯笼呢？如果再戴上珠宝，简直就成了福建的珠灯或丹阳的料丝灯了！这样的形状做灯还让人觉得讨厌，更何况是耳朵上的妆饰呢？

衣　衫

【原文】

　　妇人之衣，不贵精而贵洁，不贵丽而贵雅，不贵与家相称，而贵与貌相宜。绮罗文绣之服，被垢蒙尘，反不若布服之鲜美，所谓贵洁不贵精也。红紫深艳之色，违时失尚，反不若浅淡之合宜，所谓贵雅不贵丽也。贵人之妇，宜披文采，寒俭之家，当衣缟素，所谓与人相称也。然人有生成之面，面有相配之衣，衣有相配之色，皆一定而不可移者。今试取鲜衣一袭，令少妇数人先后服之，定有一二中看，一二不中看者，以其面色与衣色有相称、不相称之别，非衣有公私向背于其间也。

【译文】

女人的衣服，不在于精致而在于清洁；不在于华丽而在于高雅；不在于和家势相称，而在于和容貌相吻合。绫罗绸缎的衣服有污垢，蒙上了灰尘，反倒比不上布衣鲜亮，这指的是要重清洁不要重华贵。大红大紫这些又深又艳的颜色，违背时尚，反而不如浅淡的衣服合适，这指的是重高雅不重艳丽。富贵人家的妻子，穿绣花的彩色衣服合适；贫寒人家的女人，穿白色的衣服合适，这指的是与家势相称。但人的脸长什么样子是天生的，不同的脸要配不同的衣服，不同的衣服要配不同的颜色，这都是固定的规律，不能随便以人的主观意志为转移。可以试拿出一件新衣，叫几个少妇依次穿上它，结果一定是有一两个人穿上耐看，一两个人穿上不耐看，因为她们的脸色和衣服的颜色有相称和不相称之分，并不是衣服有什么私心厚薄。

【原文】

使贵人之妇之面色不宜文采，而宜缟素，必欲去缟素而就文采，不几与面为仇乎？故曰不贵与家相称，而贵与貌相宜。大约面色之最白最嫩，与体态之最轻盈者，斯无往而不宜：色之浅者显其淡，色之深者愈显其淡；衣之精者形其娇，衣之粗者愈形其娇。此等即非国色，亦去夷光、王嫱不远矣，然当世有几人哉？稍近中材者，即当相体裁衣，不得混施色相矣。

【译文】

假如有个贵人的妻子，她的脸色不适宜穿华丽的衣服而适宜穿朴素的衣服，如果非得让她脱掉朴素的衣服，穿上华丽的衣服，不是跟她的面容为难吗？所以说女子穿衣服，不重在和家势相称，而重在和相貌相称。一般来讲，面色特别白特别嫩的，体态极其轻盈的女子，无论穿什么样的衣服都合适：浅颜色的能衬出她的淡雅白嫩；深颜色的更能衬托出她的淡雅白嫩；精致的衣服可以显出她的妩媚，粗布衣服更能衬托出她的妩媚。这样的女子即使不是国色天香，也和西施、王昭君差不多了。然而如今的世界上能有几个这样的美女呢？稍微接近于中等姿色的女人，就应该根据自己的身体特点做衣服，不能哪种颜色的衣服都穿了。

【原文】

相体裁衣之法，变化多端，不应胶柱而论，然不得已而强言其略，则在务从其近而已。面颜近白者，衣色可深可浅；其近黑者，则不宜浅而独宜深，浅则愈彰其黑矣。肌肤近腻者，衣服可精可粗；其近糙者，则不宜精而独宜粗，精则愈形其糙矣。

【译文】

根据身体状况裁剪衣服的办法，是变化多端的，不能一概而论。如果非要我说说要领所在，那就是一定要和她的脸色相称。脸色较白净的，衣服的颜色就可深可浅；脸色发黑的，衣服的颜色就不适合穿浅的而应该穿深的，浅了会使她的脸显得更黑。皮肤细嫩的，衣服就可以精也可以粗；皮肤粗糙的，衣服就不应该精而只应该粗，衣服精致了就会更显出她的皮肤粗了。

【原文】

然而贫贱之家，求为精与深而不能，富贵之家欲为粗与浅而不可，则奈何？曰：不难。布苧有精粗深浅之别，绮罗文采亦有精粗深浅之别，非谓布苧必粗而罗绮必精，锦绣必深而缟素必浅也。绸与缎之体质不光、花纹突起者，即是精中之粗、深中之浅；布与苧之纱线紧密、漂染精工者，即是粗中之精、浅中之深。凡予所言，皆贵贱咸宜之事，既不详绣户而略衡门，亦不私贫家而遗富室。盖美女未尝择地而生，佳人不能选夫而嫁，务使读是编者人人有裨，则怜香惜玉之念，有同雨露之均施矣。

　　然而穷人家的女子，想穿精致、颜色深艳的衣服却穿不到；富人家的女子，想穿粗布简朴的衣服又不可以。怎么解决这个问题呢？我说：不难。麻布、棉布，都有精粗深浅的区别，绫罗绸缎也有精粗深浅的不同。不见得布和麻就一定粗，绫罗就一定细；也不见得彩绣颜色就一定深，白布颜色就一定浅。那种质地不光滑，有花纹凸起的绸缎，就是精品中的粗糙的衣物，深色中的浅色；那种纱线细密、漂染细巧的布和麻，就是粗物中的细致的衣物，浅色中的深色。我所讲的，既适合富贵人家的女子，又适合穷人家的女子。既不是对大家闺秀说得详细而忽略了穷人家的女子，也不是偏向穷人家的孩子而忽略了大家闺秀。因为美女从来不是选择地方生的，美人也不能自己选择丈夫。我想让读此书的女子都有所获，那么，我的一片怜香惜玉的苦心，就会像雨露一样洒向人间了。

【原文】

　　迩来衣服之好尚，有大胜古昔，可为一定不移之法者；又有大背情理，可为人心世道之忧者，请并言之。其大胜古昔，可为一定不移之法者，大家富室，衣色皆尚青是已。青非青也，元也。因避讳，故易之。记予儿时所见，女子之少者，尚银红桃红，稍长者尚月白，未几而银红桃红皆变大红，月白变蓝，再变则大红变紫，蓝变石青。迨鼎革以后，则石青与紫皆罕见，无论少长男妇，皆衣青矣。可谓"齐变至鲁，鲁变至道"，变之至善而无可复加者矣。其递变至此也，并非有意而然，不过人情好胜，一家浓似一家，一日深于一日，不知不觉，遂趋到尽头处耳。

【译文】

　　近来人们对衣服的喜好崇尚，有些地方大大胜过古代，可以成为固定不变的式样；但有些方面也显得过于违背情理，使人对世道人心产生忧虑，我下面谈一谈这两种倾向。大大胜过古代的，可成为不变法则的是富家女子都崇尚青色衣服。这青色不是青色，而是玄色。因为避皇帝讳，所以换个说法。记得在我年少时，女孩子们都还喜欢穿着银红色、桃红色的衣服，稍大一点儿的，喜欢穿月白色衣服。后来大红色变成了紫色，蓝色变成了石青色。改朝换代之后石青色和紫色就很少见到了，不管男女老幼，都穿着一身黑色衣服。这就像齐国从霸道变成了鲁国的王道，鲁国又从王道变成了孔子的圣人之道，变到了不能再完美的境界。衣服的颜色变到现在的黑色，不是谁有意这样做的，只不过大家都争强好胜，一家要比一家颜色深，一天要比一天颜色浓，不知不觉地就变到现在这样了。

【原文】

　　然青之为色，其妙多端，不能悉数。但就妇人所宜者而论，面白者衣之其面愈白，面黑者衣之，其面亦不觉其黑，此其宜于貌者也；年少者衣之，其年愈少，年老者衣之，其年亦不觉甚老，此其宜于岁者也；贫贱者衣之，是为贫贱之本等，富贵者衣之，又觉脱去繁华之习，但存雅素之风，亦未尝失其富贵之本来，此其宜于分者也。他色之衣，极不耐污，略沾茶酒之色，稍侵油腻之痕，非染不能复着，染之即成旧衣。此色不然，惟其极浓也，凡淡乎此者，皆受其侵而不觉；惟其极深也，凡浅乎此者，皆纳其污而不辞，此又其宜于体而适于用者也。

【译文】

　　黑色有很多优点，却无法一一举出。只就女子所适宜的方面来说，脸色白的穿上黑衣服，显得更白；脸黑的穿它，也不觉得黑，这就是说这种颜色适宜不同的肤色。年龄小的穿黑衣服，显得更小；年纪大的穿它，也不觉得老，这是说它适宜不同的年龄阶段。贫贱的人穿黑衣服，能显出本色；富贵的人穿它，让人觉得是摆脱了奢华的坏习惯，只留下淡雅和朴素，而没有失去富贵的本色，这是黑色与身份相适应之处。其他颜色的衣服，特别不耐脏，沾上一点儿茶酒，染上一点儿油渍，非得染才能恢复，可一染就成了旧衣裳。黑色不是如此，正因为它颜色特别浓，所以凡是比它颜色淡的东西弄脏了它，都看不出来；正因为它颜色特别深，所以能无条件地接受比它浅的污迹，这是黑色适合于身体且又实用的优点。

【原文】

　　贫家止此一衣，无他美服相衬，亦未尝尽现底里，以覆其外者色原不艳，即使中衣敝垢，未甚相形也；如用他色于外，则一缕欠精，即彰其丑矣。富贵之家，凡有锦衣绣裳，皆可服之于内，风飘袂起，五色灿然，使一衣胜似一衣，非止不掩中藏，且莫能穷其底蕴。诗云"衣锦尚䌹"，恶其文之著也。此独不然，止因外色最深，使里衣之文越著，有复古之美名，无泥古之实害。二八佳人，如欲华美其制，则青上洒线，青上堆花，较之他色更显。反复求之，衣色之妙，未有过于此者。后来即有所变，亦皆举一废百，不能事事咸宜，此予所谓大胜古昔，可为一定不移之法者也。

【译文】

穷人家的女子只有一件黑衣，没有其他漂亮衣裳陪衬，也不会完全露出里面的衣服。因为外衣颜色本来就不浅，内衣即使又脏又破，也看不出来；若是穿其他颜色的外衣，衬服有一点儿不精致就会出丑了。富贵人家的女子，有锦绣衣衫尽可穿在里面，风一吹，衣角飘起来，就会五彩缤纷。若是从里往外，一件比一件艳丽，就会不仅没有掩盖住里面的好衣服，而且还会把它完全显露出来。《诗》上说："穿锦绣衣衫应外罩粗布麻衣"，是不喜欢鲜艳衣服的花纹太显眼。这种颜色却不是这样，只因为黑色外衣特别深，就会让华丽的内衣更显眼。既有恢复古风的美名，又没有拘泥于古人的害处。妙龄美女，如果想要自己的衣饰精美，可以在黑色上洒线，黑色上绣花，结果会比其他颜色更显眼。来回挑选衣服的颜色，没有比黑色更佳的了。往后的时装即便有变化，也是变某种颜色，导致一利百害，不可能每样都合适。所以我说黑色能大大胜过从前，可以成为固定不变的法则。

【原文】

至于大背情理，可为人心世道之忧者，则零拼碎补之服，俗名呼为"水田衣"者是已。衣之有缝，古人非好为之，不得已也。人有肥瘠长短之不同，不能象体而织，是必制为全帛，剪碎而后成之，即此一条两条之缝，亦是人身赘瘤，万万不能去之，故强存其迹。赞神仙之美者，必曰天衣无缝。明言人间世上，多此一物故也。而今且以一条两条广为数十百条，非止不似天衣，且不使类人间世上，然则愈趋愈下，将肖何物而后已乎？

【译文】

至于大大违背情理，让人为人心世道担忧的，主要指那种零拼碎补的衣服，俗名叫"水田衣"。衣服上有缝，不是因为古代人喜欢，而是没有办法。人有胖瘦高矮的差别，无法量好身材再织布，只能织布成匹，剪开之后再缝衣服。制好的衣服上有一两条缝，就像人身上的瘤子一样。想尽办法也除不去，只好凑合着留下痕迹。称赞神仙的话中有句"天衣无缝"，明确说明了人间的衣服上的缝是多余的。然而目前人们还要把缝由一两条扩展到几十条，不但不如天衣，连世上一般衣服都不像了。于是，穿衣的风气越来越低下，想把东西变得像什么才会罢手啊？

【原文】

推原其始，亦非有意为之，盖由缝衣之奸匠，明为裁剪，暗作穿窬，逐段窃取而藏之，无由出脱，创为此制，以售其奸。不料人情厌常喜怪，不惟不攻其弊，且群然则而效之。毁成片者为零星小块，全帛何罪，使受寸磔之刑？缝碎裂者为百衲僧衣，女子何辜，忽现出家之相？风俗好尚之迁移，常有关于气数，此制不昉于今，而昉于崇祯末年。予见而诧之，尝谓人曰："衣衫无故易形，殆有若或使之者，六合以内，得无有土崩瓦解之事乎？"未几而闯氛四起，割裂中原，人谓予言不幸而中。方今圣人御世，万国来归，车书一统之朝，此等制度，自应潜革。倘遇同心，谓刍荛之言不甚訾谬，交相劝谕，勿效前辙，则予为是言也，亦犹鸡鸣犬吠之声，不为无补于盛治耳。

【译文】

推究这样做的本意，并不是人们故意这么做的，而是因为那些奸诈的裁缝们，明着是裁剪，暗地里却偷工减料，一块块偷裁下来，没地方使用，就缝制了这种补丁衣服来卖。不曾想正迎合了人们喜欢新鲜怪异的心理，结果人们不但不指责这种样式的弊病，还争先恐后地去穿去做。把整匹布剪成零星小块。整匹的布有什么罪，却让它遭受碎尸万段的刑罚？把碎布缝成百衲僧衣，女人们又有什么罪过，让她们穿这种衣服好像出家人一样？风俗的变更，常和时代有关联。这种碎布衣服的流行，不是始于现在，而是从崇祯末年开始的。我当时见到就很奇怪，曾对人讲过："衣服没有缘由地变样，好像是受了某种神秘力量的指使。难道天下将发生土崩瓦解的大事吗？"没多久，李自成的农民军就到处点起了起义的烽火。现在大清王朝一统天下，邻近国家纷纷来归顺，江山稳固。这种做衣服的规矩自然也要废除掉。倘若碰上有同感的人，说我这个草野村夫的话还有点儿道理，愿意互相劝告，让人们不再穿这种衣服，我这番话，也就像鸡鸣狗叫的声音一样，不能说对国家的治理没一点儿用处。

【原文】

云肩以护衣领，不使沾油，制之最善者也。但须与衣同色，近观则有，远视若无，斯为得体。即使难于一色，亦须不甚相悬，若衣色极深，而云肩极浅，或衣色极浅，而云肩极深，则是身首判然，虽曰相连，实同异处，此最不相宜之事也。予又谓云肩之色，不惟与衣相同，更须里外合一，如外色是青，则夹里之色亦当用青，外色是蓝，则夹里之色亦当用蓝。何也？此物在肩，不能时时服贴，稍遇风飘，则夹里向外，有如飓吹残叶，风卷败荷，美人之身不能不现历乱萧条之象矣。若使里外一色，则任其整齐颠倒，总无是患。然家常则已，出外见人，必须暗定以线，勿使与服相离，盖动而色纯，总不如不动之为愈也。

【译文】

披肩是保护衣领的，不让衣领沾上油，这是一种非常完善的设制。最好的披肩必须和衣服同色，近看戴着披肩，远看似乎没戴，这才得体。即使难于让披肩和衣服的颜色相同，相差也不要太悬殊。如果衣服的颜色极深，而披肩色极浅，或衣服色极浅而披肩色极深，那么头部和整个身子的区别就很明显，虽然说是相连，实际上和处在两个地方差不多，这可不太吉利。我还认为，披肩除了应和衣服颜色相同外，还要里外配套。倘若外面是黑色，衬里也应是黑色；

外面是蓝色，衬里也应是蓝色。为什么呢？披肩是披在肩上的，不能每时每刻都贴在肩上，稍稍遇上点儿风，就会翻转过来，衬里向外翻开，就如同风吹起的落叶残荷，美女的身体就会呈现一片凌乱萧条的状况。若是披肩里外是同一种颜色，无论它整齐还是翻转，都没关系。不过平常在家可以如此，出门会客就一定要在暗处缝上线，不让它离开衣服。因为掀动之后，让别人看见里外颜色一致，总不如不掀动好。

【原文】

　　妇人之妆，随家丰俭，独有价廉功倍之二物，必不可无。一曰半臂，俗呼"背褡"者是也；一曰束腰之带，俗呼"鸾绦"者是也。妇人之体，宜窄不宜宽，一着背褡则宽者窄，而窄者愈显其窄矣。妇人之腰，宜细不宜粗，一束以带则粗者细，而细者倍觉其细矣。背褡宜着于外，人皆知之；鸾绦宜束于内，人多未谙。带藏衣内，则虽有若无，似腰肢本细，非有物缩之使细也。

【译文】

　　女子的装束，应随着家庭条件来决定是丰富一点还是节俭一点，但有两种物美价廉的东西必不可少。一种是坎肩，就是俗话说的"背褡"；一种是束腰的带子，就是俗话叫"鸾绦"的。女子身子适于窄，不适于宽，一穿上背褡，肩宽的也不显宽，肩窄的显得会更窄。女子的腰应该细，不应该粗，一束上腰带，腰粗的就变细了，腰细的会变得更细。坎肩适合穿在外面，人人懂得；腰带适于束在里面，人们却很少知道。带子藏在衣服里，虽有也像没有，让人觉得本来腰就细，不是带子勒的。

【原文】

　　裙制之精粗，惟视折纹之多寡。折多则行走自如，无缠身碍足之患，折少则往来局促，有拘挛桎梏之形；折多则湘纹易动，无风亦似飘飖，折少则胶柱难移，有态亦同木强。故衣服之料，他或可省，裙幅必不可省。古云："裙拖八幅湘江水。"幅既有八，则折纹之不少可知。予谓八幅之裙，宜于家常；人前美观，尚须十幅。盖裙幅之增，所费无几，况增其幅必减其丝。惟细縠轻绡可以八幅十幅，厚重则为滞物，与幅减而折少者同。即使稍增其值，亦与他费不同。妇人之异于男子，全在下体。男子生而愿为之有室，其所以为室者，只在几希之间耳。掩藏秘器，爱护家珍，全在罗裙几幅，可不丰其料而美其制，以贻采菉采菲者诮乎？

【译文】

裙子做工是不是精细，看看折纹多少就知道。折纹多的，走起路来很随便，没有碍手碍脚的毛病；折纹少的，走路就会不方便，束手束脚的像带着镣铐；折纹多的裙子容易摆动，没有风也似乎要飘起来，折纹少的就呆板难动，即使动起来也呆得像木头。所以做衣服的料子或许可以节省，做裙子却千万不能省。古诗讲："裙拖八幅湘江水。"裙子既然有八幅，可以想象折纹是少不了的。我认为，八幅的裙子还只适于家常穿着；若想让人看着美观，还是需要十个裙幅的。增加裙幅，不用花多少钱，何况裙幅增加了，丝线一定会减少。只有又轻又软的料子才适合做八幅十幅的裙子，厚重的材料做成了八幅十幅，就会显得呆滞，就和减幅少折的裙子一样了。即使多花了些钱，也和其他费用有所不同。女人和男人服饰的差别全都在于下身。男子一生下来就愿意为他配个妻子，之所以能为他配妻室，就在于他下面的不同。对待妻子要像掩藏秘器、爱护珍宝一样，这就全靠几幅罗裙了，他能不多准备些材料，做得美观些，以免让那些喜欢寻花问柳的男子取笑吗？

【原文】

近日吴门所尚"百裥裙"，可谓尽美。予谓此裙宜配盛服，又不宜于家常，惜物力也。较旧制稍增，较新制略减，人前十幅，家居八幅，则得丰俭之宜矣。吴门新式，又有所谓"月华裙"者，一裥之中，五色俱备，犹皎月之现光华也，予独怪而不取。人工物料，十倍常裙，暴殄天物，不待言矣，而又不甚美观。盖下体之服，宜淡不宜浓，宜纯不宜杂。予尝读旧诗，见"飘扬血色裙拖地""红裙妒杀石榴花"等句，颇笑前人之笨。若果如是，则亦艳妆村妇而已矣，乌足动雅人韵士之心哉？惟近制弹墨裙，颇饶别致，然犹未获

闲情偶寄

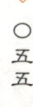

我心，嗣当别出新裁，以正同调。思而未制，不敢轻
以误人也。

【译文】

　　现在苏州一带流行的"百裥裙"，可以说是十分美观的了。我认为这种裙子只宜于配穿盛装，而不适于平时穿戴，有些浪费物力。比旧式样稍加些褶皱，平时在人前穿十幅的在家只穿八幅，这样就奢俭得当了。苏州一带还有一种新式样的裙子，叫作"月华裙"，每个褶皱中都有五种颜色，像皎洁的月亮现出光彩一样，我却并不欣赏。这种裙子的人工布料，都比普通裙子多十倍，浪费是不用说的了，并且也不太美观。遮盖下体的衣服，颜色应该淡些，而不能过于浓重；质料应该纯正，而不能过于杂乱。我曾读过一些古诗，看见"飘扬血色裙拖地"和"红裙妒杀石榴花"等句子，就十分嘲笑前人的愚笨。如果当真像这样，那也是一个打扮浓艳的乡下妇女罢了，怎会引得文人雅士动心呢？只有现在流行的弹墨裙，十分别致，但也尚未使我动心。我一定会设计出新的式样，用来匡正流行的风气。我现在已构思好了，却没有制作出来，是因为不能过于随便，怕误导后人。

习　技 <small>小序</small>

【原文】

　　"女子无才便是德"，言虽近理，却非无故而云然。因聪明女子失节者多，不若无才之为贵。盖前人愤激之词，与男子因官得祸，遂以读书作宦为畏途，遗言戒子孙，使之勿读书勿作宦者等也。此皆见噎废食之说，究竟书可竟弃，仕可尽废乎？

【译文】

　　"女子无才便是德"，这句话说得虽然有些道理，但不是无缘无故这样说的。因为聪明的女人大多会失去贞节，还比不上没有才学的女人可贵。其实，这也只是古人一时的气愤之言，道理就和男人因为当官惹祸，就把读书当官看成可怕的事，并在遗嘱中让儿孙别去读书当官一样。这些都是因噎废食的说法，但话说回来，书难道能完全抛弃，仕宦难道可以完全废除吗？

　　吾谓"才德"二字，原不相妨，有才之女，未必人人败行；贪淫之妇，何尝历历知书？但须为之夫者，既有怜才之心，兼有驭才之术耳。至于姬妾婢媵，又与正室不同。娶妻如买田庄，非五谷不殖，非桑麻不树，稍涉游观之物，即拔而去之，以其为衣食所出，地力有限，不能旁及其他也。买姬妾如治园圃，结子之花亦种，不结子之花亦种；成阴之树亦栽，不成阴之树亦栽，以其原为娱情而设，所重在耳目，则口腹有时而轻，不能顾名兼顾实也。使姬妾满堂，皆是蠢然一物，我欲言而彼默，我思静而彼喧，所答非所问，所应非所求，是何异于入狐狸之穴，舍宣淫而外，一无事事者乎？故习技之道，不可不与修容治服并讲也。

　　我认为，才华和德行本是互不妨碍的。有才学的女人，不一定个个都德行败坏；贪图享乐的女人，又何曾有那么高的学问呢？关键在于作丈夫的人，既要有怜惜妻子才华的心，又要有驾驭妻子才华的手腕和本事。至于对待小老婆和丫鬟等人，和对待原配妻子应当是有所区别的。娶妻就好像买田产一样，除了五谷不种，除了桑麻不栽，稍微涉及玩乐的事物，就应当拔掉除去。因为它是衣食的来源，土地的生长能力有限，无法再种植其他东西。买小老婆，却和经营花园一样，结果的花要种，不结果的花也要种；能长成树阴的要栽，不能长成树阴的也要栽。因为它本来就是为了娱情罢了，关键在于让视听的感受得到满足，而口腹的饥渴要求有时就显得轻一些，不能既顾享受又顾实际需求。如果满屋子的姬妾都是笨蛋蠢物，我想说话她们却默不作声，我想静静心她们却喧哗吵闹，回答的不是我想要的，所承诺的也不是我要求的，这和在狐狸窝里只知道淫乱，其他什么事也不干，又有什么不同呢？所以，女人学习技艺不能不和修饰容貌、穿衣服一起讲一下。

闲情偶寄

【原文】

　　技艺以翰墨为上，丝竹次之，歌舞又次之，女工则其分内事，不必道也。然尽有专攻男技，不屑女红，鄙织纴为贱役，视针线如仇雠，甚至三寸弓鞋不屑自制，亦倩老妪贫女为捉刀人者，亦何借巧藏拙，而失造物生人之初意哉！予谓妇人职业，毕竟以缝纫为主，缝纫既熟，徐及其他。予谈习技而不及女工者，以描鸾刺凤之事，闺阁中人人皆晓，无俟予为越俎之谈。其不及女工，而仍郑重其事，不敢竟遗者，虑开后世逐末之门，置纺绩蚕缫于不讲也。虽说闲情，无伤大道，是为立言之初意尔。

【译文】

　　技艺以学习文章诗画最好，弹琴作乐为其次，再次为唱歌跳舞，针线活则是她们的分内事，就不用说了。但也有些女人专门学习男子的技艺，不屑于去做针线活，把纺织缝纫等看作下贱的活儿，把针线当成是仇敌，甚至连自己的鞋也不愿去做，而让老太太或贫苦的女人代做，这是怎样的借助巧手来掩藏自己的笨拙，丧失了造物主造女子的本意啊！我认为，女人的职业，终究还是应当以针线活为根本，针线活做好了，再慢慢去学其他的。我谈论女人学习技艺时没有涉及到针线活等事，是因为像刺绣这些事，妇女们个个都懂得，没必要让我去多费口舌。虽然没有谈到针线活等事，但我还是在此郑重地作出了说明，不敢遗漏的原因，是因为考虑到后人会因此舍本逐末，把纺织养蚕这样的事放在一边不理睬。我所谈论的虽都是闲情逸致的事，但也不能伤大雅之道，我写这本书的本意也正在于此。

丝　竹

【原文】

　　丝竹之音，推琴为首。古乐相传至今，其已变而未尽变者，独此一种，余皆末世之音也。妇人学此，可以变化性情，欲置温柔乡，不可无此陶熔之具。然此种声音，学之最难，听之亦最不易。凡令姬妾学此者，当先自问其能弹与否。主人知音，始可令琴瑟在御，不则弹者铿然，听者茫然，强束官骸以俟其阕，是非悦耳之音，乃苦人之具也，习之何为？凡人买姬置妾，总为自娱。己所悦者，导之使习；己所不悦，戒令勿为，是真能自娱者也。尝见富贵之人，听惯弋阳、四平等腔，极嫌昆调之冷，然因世人雅重昆调，强令歌童习之，每听一曲，攒眉许久，坐客亦代为苦难，此皆不善自娱者也。

【译文】

乐器当中，琴居于首位。古代音乐流传到今天，发生变化却没有完全改变的，只有琴乐这一种。其余的都是颓废的靡靡之音。妇人学琴，能够陶冶性情。要想置身于温柔之乡，就不能缺少这种陶冶性情的工具。但是，这种乐音，学起来最难，听起来也不容易欣赏。凡是让姬妾去学弹琴的，一定要先问问自己会不会弹。主人懂得音乐，才能让别人去弹奏，否则，弹琴的人弹得悦耳动听，听的人却无动于衷，勉强集中精力去听完，这样的琴声不是悦耳动听的音乐，而是折磨人的工具，学它做什么呢？凡是买姬妾的人，都是为了自己娱乐。自己喜欢的，就让她们去学习；自己不喜欢的，就严禁她们学习，这才是真正能懂得娱乐自己的人。我曾见过一个有钱有势的人，听惯了弋阳和四平等热闹的唱腔，特别讨厌清冷的昆曲，却因为世人都喜好昆曲的高雅，于是便强迫歌童去演习。每听歌童唱一支曲子，他都会皱半天的眉头，客人们也替他感到难受，这类人是不善于自娱自乐的。

【原文】

予谓人之性情，各有所嗜，亦各有所厌，即使嗜之不当，厌之不宜，亦不妨自攻其谬。自攻其谬，则不谬矣。予生平有三癖，皆世人共好而我独不好者：一为果中之橄榄，一为馔中之海参，一为衣中之茧绸。此三物者，人以食我，我亦食之；人以衣我，我亦衣之；然未尝自沽而食，自购而衣，因不知其精美之所在也。谚云："村人吃橄榄，不知回味。"予真海内之村人也。因论习琴，而谬谈至此，诚为饶舌。

【译文】

　　我认为人的性情，每个人都有自己嗜好的东西，也有自己讨厌的东西，即使喜欢的不恰当，厌恶的不适宜，也不妨攻击自己的错误。攻击自己的错误，也就没有错了。我生平有三种怪癖，都是人人喜爱而我偏偏不喜爱的：一种是干果中的橄榄，一种是食物中的海参，还有一种是服饰中的丝绸。这三样东西，别人给我吃，我也吃的；别人给我穿，我也穿的；但我自己从没有自己买来吃过买来穿过，因为我并不知道它们精美在何处。俗话说："农村人吃橄榄，不知道它的味道。"我真是天下的乡巴佬了。本来是谈论学琴，却信口开河地说到了这些，实在是废话。

【原文】

　　人问：主人善琴，始可令姬妾学琴，然则教歌舞者，亦必主人善歌善舞而后教乎？须眉丈夫之工此者，有几人乎？曰：不然。歌舞难精而易晓，闻其声音之婉转，睹见体态之轻盈，不必知音始能领略，坐中席上，主客皆然，所谓雅俗共赏者是也。琴音易响而难明，非身习者不知，惟善弹者能听，伯牙不遇子期，相如不得文君，尽日挥弦，总成虚鼓。

【译文】

　　有人问：主人擅长弹琴，才能够让姬妾去学弹琴，然而教习歌舞的人，也一定需要主人擅长跳舞吗？男子汉大丈夫又有几个人善于跳舞呢？我说：不是这样的。歌舞难于精通却容易懂得，听到婉转的乐音，看见轻盈的体态，不一定要懂得音乐也能领略其中的妙处，宴席上在座的主人和宾客都一样，这就是所谓的雅俗共赏。琴声容易弹奏，却很难明白它的意味，自己没弹奏过的人不知道，只有擅长弹奏的人才会欣赏。俞伯牙没遇到钟子期，司马相如没碰上卓文君，他们即使整日弹琴，也等于是白弹。

　　吾观今世之为琴，善弹者多，能听者少；延名师教美妾者尽多，果能以此行乐，不愧文君、相如之名者绝少。务实不务名，此予立言之意也。若使主人善操，则当舍诸技而专务丝桐。"妻子好合，如鼓琴瑟。""窈窕淑女，琴瑟友之。"琴瑟非他，胶漆男女，而使之合一；联络情意，而使之不分者也。花前月下，美景良辰，值水阁之生凉，遇绣窗之无事，或夫唱而妻和，或女操而男听，或两声齐发，韵不参差，无论身当其境者俨若神仙，即画成一幅合操图，亦足令观者消魂，而知音男妇之生妒也。

　　我看现在这个世界上，弹琴弹得好的人多，懂得欣赏的人却很少；请名师教导美妾的人很多，真正能够从里边得到乐趣，不愧于卓文君和司马相如之名的人就太少了。讲究实际而不贪图虚名，这就是我说此番话的用意所在。如果主人善于弹琴，就应当放弃别的技艺，专心去提高琴艺。《诗经》中说："妻子好合，如鼓琴瑟。""窈窕淑女，琴瑟友之。"琴瑟不是其他什么东西，而是可以把男人和女人粘合在一起；使他们之间情意互通，永不分离。花前月下，良辰美景，或在水上亭阁刚生出凉意的夜晚，或是共处房中的闲暇，时而夫唱妇随，时而妻弹夫听，时而两人齐唱，合韵谐拍，不用说身临其境的人宛若神仙一般，即使画成一幅同弹共奏的图画，也足以让观赏之人销魂，让懂得音乐的夫妇生出无穷的妒意了。

　　丝音自蕉桐而外，女子宜学者，又有琵琶、弦索、提琴之三种。琵琶极妙，惜今时不尚，善弹者少，然弦索之音实足以代之。弦索之形，较琵琶为瘦小，与女郎之纤体最宜。近日教习家，其于声音之道，能不大谬于宫商者，首推弦索，时曲次之，戏曲又次之。予向有场内无文，场上无曲之说，非过论也。止为初学之时，便以取舍得失为心，虑其调高和寡，止求为下里巴人，不愿作阳春白雪，故造到五七分即止耳。提琴较之弦索，形愈小而声愈清，度清曲者必不可少。提琴之音，即绝少美人之音也，春容柔媚，婉转断续，无一不肖。即使清曲不度，止令善歌二人，一吹洞箫，一拽提琴，暗谱悠扬之曲，使隔花间柳者听之，俨然一绝代佳人，不觉动怜香惜玉之思也。

【译文】

弦乐中，除了琴之外，适合女人们学习的，还有琵琶、弦索和提琴三种。琵琶十分动听，可惜现在不时兴，弹得好的人很少，而且完全可以由弦索弹出的乐音来代替。弦索的形状比琵琶瘦小，最适于苗条娇小的女人弹奏。现在教习歌舞的人家，在音律方面能不出大错的，弦索可以为第一了，其次是流行的曲子，再次是戏曲。我一直说："戏场内无文，戏台上无曲。"这话并没有言过其实。只因为人们初学时，便有了取舍得失的功利之心，担心没人听高雅的曲子，只想成为通俗的"下里巴人"，不愿写那种雅致的"阳春白雪"，所以创作成五七分的光景就不往下创作了。和弦索相比，提琴的形状更小，声音也更加清亮，是在给清唱伴奏的时候必不可少的乐器。提琴的音色，就好比是十分年轻美貌的少女的歌喉，婉转悠扬，赏心悦目，几乎没有一点儿不像的。即使不是给清唱伴奏，只让两个善于歌唱的妇人，一个吹洞箫，一个弹提琴，轻声地唱起悠扬的曲子，让处在花柳丛中的人听到，也会觉得她们像是一对绝代佳人，怜香惜玉之情会无形地在心中产生。

【原文】

丝音之最易学者，莫过于提琴，事半功倍，悦耳娱神。吾不能不德创始之人，令若辈尸而祝之也。

【译文】

弦乐中最容易学的，就是提琴，可以收到事半功倍的效果，听起来既悦耳动人又能放松精神。我不能不赞颂发明提琴的人，让你们为他烧香祈祷。

【原文】

竹音之宜于闺阁者，惟洞箫一种。笛可暂而不可常。至笙、管二物，则与诸乐并陈，不得已而偶然一弄，非绣窗所应有也。盖妇人奏技，与男子不同，男子所重在声，妇人所重在容：吹笙搦管之时，声则可听，而容不耐看，以其气塞而腮胀也，花容月貌为之改观，是以不应使习。妇人吹箫，非止容颜不改，且能愈增娇媚。何也？按风作调，玉笋为之愈尖；簇口为声，朱唇因而越小。画美人者，常作吹箫图，以其易于见好也。或箫或笛，如使二女并吹，其为声也倍清，其为态也更显，焚香啜茗而领略之，皆能使身不在人间世也。

【译文】

管乐中适于女子学习的，只有洞箫一种。笛子可以偶尔吹吹，却不能经常吹。至于笙和管，这两种乐器都是和其他乐器一起合奏时使用的，没办法时才偶尔玩玩，不是女子应该学的。女人弹奏乐曲，和男人有所不同。男人侧重声音，女人却侧重在容貌形态。吹笙和管时，声音倒可以听听，但姿式、形态就不十分雅观了。因为要闭气，腮帮就要鼓起来，花容月貌都变形了，因此不应该让她们去学习。妇人吹箫，不仅不会改变容貌，而且能增添娇媚。为什么呢？因为吹箫时，是按风定调的，手指为此显得更加纤巧；喂着小口来吹，红唇因而变得更加小。画美人像的，常常画她们吹箫，因为此时她们显得更加娇美。如果让两个女子一起或是吹箫，或是吹笛，发出的声音就会更加清晰响亮，姿态也显得更加动人，主人在旁一边焚香品茶，一边欣赏，使人有一种飘飘欲仙的感觉。

【原文】

吹箫品笛之人，臂上不可无钏。钏又勿使太宽，宽则藏于袖中，不得见矣。

【译文】

吹箫和吹笛子的女人，手臂上不能不戴手镯。但镯子也不要太大，太大就会滑到袖子里，不能看见了。

歌　舞

　　昔人教女子以歌舞，非教歌舞，习声容也。欲其声音婉转，则必使之学歌；学歌既成，则随口发声，皆有燕语莺啼之致，不必歌而歌在其中矣。欲其体态轻盈，则必使之学舞；学舞既熟，则回身举步，悉带柳翻花笑之容，不必舞而舞在其中矣。古人立法，常有事在此而意在彼者，如良弓之子先学为箕，良冶之子先学为裘。妇人之学歌舞，即弓冶之学箕裘也。

【译文】

　　过去教女子学习歌舞，并不是单单唱歌跳舞，而在于让她们学习声音和姿容。想让她们的声音变得婉转动听，就必须让她们学唱歌；学成以后，则脱口而出都有莺歌燕语的神韵，不用唱而歌的韵味已在其中了。想让她们的体态变得轻盈如飞，就一定要让她们去学跳舞；熟练以后，则回身抬脚都带着柳翻花笑的容貌，不用跳就已成了舞蹈了。古人设立规矩，常常是醉翁之意不在酒。比如善做好弓的人的儿子，一定要先学做簸箕；善于冶炼的人的儿子，一定要先学制造皮衣。女人学习歌舞，就像弓匠和冶金匠先学做簸箕、制造皮衣一样。

【原文】

　　后人不知，尽以"声容"二字属之歌舞，是歌外不复有声，而征容必须试舞，凡为女子者，即有飞燕之轻盈，夷光之妩媚，舍作乐无所见长。然则一日之中，其为清歌妙舞者有几时哉？若使"声容"二字，单为歌舞而设，则其教习声容，犹在可疏可密之间。若知歌舞二事，原为声容而设，则其讲究歌舞，有不可苟且塞责者

矣。但观歌舞不精，则其贴近主人之身，而为殢雨尤云
之事，其无娇音媚态可知也。

【译文】

后来的人不知道这一点，都把"声容"二字附加在歌舞之上，那样就使得
除了歌唱以外不再有声音，观赏仪容必定要检验歌舞。只要是女人，即使有
赵飞燕那样轻盈的体态和夷光那样妩媚的容颜，除了歌舞以外就没有什么长处
了。但是，一天之中她轻歌曼舞的时间能有多长呢？如果让"声容"两个字只
是为了歌舞而存在，则教习声容就可急可不急了。如果懂得歌舞其实是为了声
容而设置，则那些教习歌舞的人，就不能敷衍搪塞了。如果一个妇女既不精通
唱歌，也不善于跳舞，那么，她和主人亲热时也一定缺乏娇音媚态。

【原文】

"丝不如竹，竹不如肉。"此声乐中三昧语，谓其渐
近自然也。予又谓男音之为肉，造到极精处，止可与丝
竹比肩，犹是肉中之丝，肉中之竹也。何以知之？但观
人赞男音之美者，非曰"其细如丝"，则曰"其清如竹"，
是可概见。至若妇人之音，则纯乎其为肉矣。语云："词
出佳人口。"予曰：不必佳人，凡女子之善歌者，无论
妍媸美恶，其声音皆迥别男人，貌不扬而声扬者有之，
未有面目可观而声音不足听者也。但须教之有方，导之
有术，因材而施，无拂其天然之性而已矣。"歌舞"二
字，不止谓登场演剧，然登场演剧一事，为今世所极尚，
请先言其同好者。

【译文】

"丝不如竹，竹不如肉。"这句话说出了唱歌的奥妙，意思是说越接近自然
越好。我还认为：男子歌唱，即使达到了极高的造诣，也只能达到弦乐和管乐
的地步，只是喉咙里发出的管弦之音。凭什么这样说呢？只看人们赞美男音美
妙时，不是说"其细如丝"，就是说"其清如竹"，便可知道个大概了。可是女
子的声音，却纯粹是发自口中。俗话说："词出佳人口。"我说：并不一定要貌
美之人，凡是善于歌唱的女子，不论美丑，她们的声音都和男人迥然不同。相
貌丑陋但声音优美，这样的妇女是有的，长得好看而声音难听的人倒是没有。

 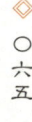

只要教导得法，因材施教，不要扼杀她们的天赋就行了。歌唱舞蹈，并不仅仅指登台唱戏。不过，登台唱戏这件事，为当今世人所推崇，所以我在此就先从大家都喜欢的事情说起。

【原文】

　　一曰取材。取材维何？优人所谓"配脚色"是已。喉音清越而气长者，正生、小生之料也；喉音娇婉而气足者，正旦、贴旦之料也，稍次则充老旦；喉音清亮而稍带质朴者，外末之料也；喉音悲壮而略近嘽杀者，大净之料也。至于丑与副净，则不论喉音，只取性情之活泼，口齿之便捷而已。然此等脚色，似易实难。男优之不易得者二旦，女优之不易得者净丑。不善配脚色者，每以下选充之，殊不知妇人体态不难于庄重妖娆，而难于魁奇洒脱，苟得其人，即使面貌娉婷，喉音清婉，可居生旦之位者，亦当屈抑而为之。盖女优之净丑，不比男优，仅有花面之名，而无抹粉涂胭之实，虽涉诙谐谑浪，犹之名士风流。若使梅香之面貌胜于小姐，奴仆之词曲过于官人，则观者听者倍加怜惜，必不以其所处之位卑，而遂卑其才与貌也。

【译文】

　　第一是取材。取材指什么呢？就是在唱戏中人们所说的"分配角色"。嗓音清越悠长的，是正生和小生的材料；嗓音柔婉而且气足的，是正旦和贴旦的材料，稍差些的可以扮演老旦；嗓音清亮质朴的，是外末的材料；嗓音悲壮激昂的，是大净的材料。至于丑角和副净，则可以不看嗓音，只要性情活泼、口齿伶俐就行了。但这些角色，看上去似乎很容易选，其实却很难。男戏子中不容易挑选出正旦和贴旦，女戏子中也不容易挑选净角和丑角。不懂得分配角色的人，常用水平差的人来充数，并不懂得女子的体态不难于表现庄重或妖娆，表现魁伟洒脱则是困难的。嗓音清柔婉转，可以扮演生角或旦角，也要让她委屈些去饰演净角和丑角。女戏子扮演的净角丑角，不像男戏子那样，她只是仅仅占有花脸的名义，却用不着搽脂抹粉，虽调笑诙谐，却也还有名士的风流洒脱。如果让演了鬟的人的面貌胜过了演小姐的人，演奴仆的人的唱词超过了演主子的，那么观众和听众就会对她们加倍喜爱，一定不会因为扮演人物的身份低微就看不起她们的才气和容貌。

闲情偶寄

【原文】

　　二曰正音。正音维何？察其所生之地，禁为乡土之言，使归《中原音韵》之正者是已。乡音一转而即合昆调者，惟姑苏一郡。一郡之中，又止取长、吴二邑，余皆稍逊，以其与他郡接壤，即带他郡之音故也。即如梁溪境内之民，去吴门不过数十里，使之学歌，有终身不能改变之字，如呼酒钟为"酒宗"之类是也。近地且然，况愈远而愈别者乎？然不知远者易改，近者难改；词语判然、声音迥别者易改，词语声音大同小异者难改。

【译文】

　　第二是正音。正音指什么呢？弄清楚演员出生在什么地方，禁止她说当地的方言，让她按照《中原音韵》来正确发音。方言中稍改一下就能符合昆曲的，只有苏州一个郡。一郡之中，又只有长洲和吴县两个县，其他地方都要稍差些，因为它们都和其他郡接壤，也就带有其他地方的口音。比如梁溪县的，离吴县只有几十里，让他们去学唱歌，有些字的发音一辈子也改变不了，如把"酒钟"称为"酒宗"等等。隔得近的地方尚且如此，越远差别就越大呢？人们却不知道隔得远的人的口音容易改变，隔得近却很难改变；用词和声调完全不同的容易改变，用词和声调大同小异的却很难改变。

【原文】

　　譬如楚人往粤，越人来吴，两地声音判如霄壤，或此呼而彼不应，或彼说而此不言，势必大费精神，改唇易舌，求为同声相应而后已。止因自任为难，故转觉其易也。至入附近之地，彼所言者，我亦能言，不过出口收音之稍别，改与不改，无甚关系，往往因仍苟且，以度一生。止因自视为易，故转觉其难也。正音之道，无论异同远近，总当视易为难。选女乐者，必自吴门是已。然尤物之生，未尝择地，燕姬赵女，越妇秦娥，见于载籍者，不一而足。"惟楚有材，惟晋用之。"此言晋人善用，非曰惟楚能生材也。予游遍域中，觉四方声音，凡在二八上下之年者，无不可改，惟八闽、江右二省，新安、武林二郡，较他处为稍难耳。正音有法，当择其一韵之中，字字皆别，而所别之韵，又字字相同者，取其吃紧一二字，出全副精神以正之。正得一二字转，则破竹之势已成，凡属此一韵中相同之字，皆不正而自转矣。

【译文】

比如湖北人到广东去，浙江人来江苏，两个地方的口音有天壤之别。有时你叫他不答应，有时他说话你又听不懂，交流起来一定很费精神，就必须去改变发音，想法学会当地的方言才行。只因为自己觉得这样很难学，所以学起来反而感到容易。来到邻近的地方，他们能说的，我也能说，不过在出口音和收音上稍稍有些差别，改不改没什么关系，常常就凑合着度过一生。只因为自己觉得容易，所以学起来反而觉得难。纠正发音的方法，不论异同远近，都应当把容易学的看成是难学的。挑选女乐，一定要挑苏州人。但美女的出生却不限于某一个地方，燕赵之地和秦越之国的美女，记载在史书上的也有很多。"惟楚有材，惟晋用之。"这句话是说晋人善于用人，而不是说只有楚国才出人才。我游遍了全国，觉得各地的口音，凡是十五六岁的女子，没有改不过来的。只有福建和江西两省，以及徽州和杭州两个郡，改起来比其他的地方要难些。纠正发音有好的方法：从各个韵部中挑出不同的字，这些字的韵母都是相同的，找出一两个最关键的字，集中精力来纠正它们。纠正了一两个字，再纠正其他的字就非常容易了。凡是属于这个韵部的其他字，都不用去纠正就自然而然地改变过来了。

【原文】

请言一二以概之：九州以内，择其乡音最劲、舌本最强者而言，则莫过于秦晋二地。不知秦晋之音，皆有一定不移之成格，秦音无东钟，晋音无真文；秦音呼东钟为真文，晋音呼真文为东钟。此予身入其地，习处其人，细细体认而得之者。秦人呼中庸之中为"肫"，通达之通为"吞"，东南西北之东为"敦"，青红紫绿之红为"魂"，凡属东钟一韵者，字字皆然，无一合于本韵，无一不涉真文。岂非秦音无东钟，秦音呼东钟为真文之实据乎？我能取此韵中一二字，朝训夕诂，导之改易，一字能变，则字字皆变矣。

现在举一两个例子来说明：全国之内，乡音最浓，舌根最硬的，没有比得过陕西和山西两个地方的。但人们并不知道这两个地方的发音也都有一定的规律。陕西方言中没有"东钟"韵，山西方言中没有"真文"韵；陕西人把"东钟"韵的字读成了"真文"韵，山西人却把"真文"韵的字读成了"东钟"韵。这是我亲自到过这些地区，和当地人相处，细细琢磨出来的。陕西人把"中庸"的"中"发成"胜"，"通达"的"通"发成"吞"，"东西南北"的"东"发成"敦"，"青红紫绿"的"红"发成"魂"，凡是属于"东钟"韵的字，每个字都是这样的，没一个合乎本韵，没一个不念成"真文"韵。这难道不是陕西方言中没有"东钟"韵、陕西方言中把"东钟"韵发成"真文"韵的真凭实据吗？我从此韵中挑出一两个字，早晚一直教导传授，引导她们改变读音，一个字改变了，其他的字也就全都能改变过来了。

【原文】

晋音较秦音稍杂，不能处处相同，然凡属真文一韵之字，其音皆仿佛东钟，如呼子孙之孙为"松"，昆腔之昆为"空"之类是也。即有不尽然者，亦在依稀仿佛之间。正之亦如前法，则用力少而成功多。是使无东钟而有东钟，无真文而有真文，两韵之音，各归其本位矣。

【译文】

山西方言比陕西方言稍微复杂一些，不是处处都一样，但是凡属于"真文"韵的字，发音都和"东钟"韵相近。如把"子孙"的"孙"字发成"松"，"昆腔"的"昆"字发成"空"等等。即使不全部是这样，也是很相近的。纠正它们也和前面的方法一样，不用费很大的力气就能改过来很多。这样就使得没有"东钟"韵的陕西方言有了"东钟"韵，没有"真文"韵的山西方言有了"真文"韵，两个韵的发音，也就各自回到自己的原来位置了。

【原文】

秦晋且然，况其他乎？大约北音多平而少入，多阴而少阳。吴音之便于学歌者，止以阴阳平仄不甚谬耳。然学歌之家，尽有度曲一生，不知阴阳平仄为何物者，是与蠹鱼日在书中，未尝识字等也。予谓教人学歌，当从此始。平仄阴阳既谙，使之学曲，可省大半工夫。正音改字之论，不止为学歌而设，凡有生于一方，而不屑为一方之士者，皆当用此法以掉其舌。至于身在青云，有率吏临民之责者，更宜洗涤方音，讲求韵学，务使开口出言，人人可晓。常有官说而吏不知，民辩冤而官不解，以致误施鞭扑，倒用劝惩者。声音之能误人，岂浅鲜哉！

【译文】

　　陕西和山西的方言尚且如此，更何况其他的方言呢？一般来说，北方话中平声字要远远多于入声字，阴调的字远远多于阳调的字。苏州话之所以适于唱歌，只是因为它的阴阳平仄没什么错误。但学唱歌的人家，有的唱了一辈子，却不知道阴阳平仄是什么东西，就像蠹虫整天待在书本中却不识字一样。我认为教人学唱歌，应当从正音开始。熟悉了平仄阴阳后，再让她们学唱曲，能够省去一大半的功夫。纠正字的发音，并不仅仅是针对学唱歌一件事而言的，只要是一个人生于某个地方却不屑生活在这个地方，都应当采用这个方法去改掉乡音。至于那些已发达的、担负着治理百姓、督率官吏的大官们，则更应该改去乡音，学习音韵，务必使自己说出的话人人都能听懂。有许多官员说话而下属却听不懂，老百姓申辩冤情而官员听不懂，以至于有错用刑具、颠倒赏罚的现象。言语能够害人，这种情况难道还少吗！

【原文】

　　正音改字，切忌务多。聪明者，每日不过十余字，资质钝者渐减。每正一字，必令于寻常说话之中尽皆变易，不定在读曲念白时。若止在曲中正字，他处听其自然，则但于眼下依从，非久复成故物，盖借词曲以变声音，非假声音以善词曲也。

【译文】

　　纠正读音，改正字的读法，千万不要贪多。聪明的人每天不要超过十几个字，资质愚钝的人要相应减少。每改正一个字，就一定要在日常说话中把这个字改过来，而不仅是在唱曲子念说白时才改变过来。如果只在曲子中改正字音，其他地方听其自然，那么就只会是暂时改正，用不了多长时间就又恢复原来的发音了。这是因为借词曲来改变发音，而不是借改变发音来完善唱歌。

　　三曰习态。态自天生，非关学力，前论声容，已备悉其事矣。而此复言习态，抑何自相矛盾乎？曰：不然。彼说闺中，此言场上。闺中之态，全出自然；场上之态，不得不由勉强，却又类乎自然，此演习之功之不可少也。生有生态，旦有旦态，外末有外末之态，净丑有净丑之态，此理人人皆晓，又与男优相同，可置弗论，但论女优之态而已。男优妆旦，势必加以扭捏，不扭捏不足以肖妇人；女优妆旦，妙在自然，切忌造作，一经造作，又类男优矣。

【译文】

　　第三是习态。仪态是天生的，这与学习和练习是没有什么关系的，这点在前面讨论声音和姿容时已详细地谈过了。但此处又来谈习态，是不是自相矛盾呢？我说：不能这样想。上文说的是在闺房中的仪态，这里谈论的却是戏台上的仪态。闺房中的仪态，全都出于自然；戏台上的仪态，不能不勉强自己去做，虽然是出于勉强，却又得模仿自然形态，因此演练的功夫就不能缺少了。生角有生角的形态，旦角有旦角的形态，外末有外末的形态，净角丑角有净角和丑角的形态，这个道理是每个人都知道的；男演员先放在一边不去讨论，这里只谈论女戏子的仪态。男戏子扮演旦角，一定要作出扭捏的姿态，否则就不像妇人了；女戏子扮演旦角，妙处在于自然大方，而不能做作，否则就像男演员在演戏了。

【原文】

　　人谓妇人扮妇人，焉有造作之理，此语属赘。不知妇人登场，定有一种矜持之态；自视为矜持，人视则为造作矣。须令于演剧之际，只作家内想，勿作场上观，始能免于矜持造作之病。此言旦脚之态也。然女态之难，不难于旦而难于生；不难于生，而难于外末净丑。又不难于外末净丑之坐卧欢娱，而难于外末净丑之行走哭泣。总因脚小而不能跨大步，面娇而不肯妆瘁容故也。然妆龙象龙，妆虎象虎，妆此一物，而使人笑其不似，是求荣得辱，反不若设身处地，酷肖神情，使人赞美之为愈矣。至于美妇扮生，较女妆更为绰约。潘安、卫玠，不能复见其生时，借此辈权为小像，无论场上生姿，曲中耀目，即于花前月下，偶作此形，与之坐谈对弈，啜茗焚香，虽歌舞之余文，实温柔乡之异趣也。

【译文】

有人认为女人扮演女人，怎么会有造作的道理，这句话是废话。殊不知她们登台演戏，肯定有一种矜持的姿态；她们自己认为是矜持之举，别人看来就觉得是做作了。所以，让她们在演戏的时候，一定要想着只是在家里那样自然，而不要看成是在台上演戏，这样才能避免矜持做作的毛病。这是说旦角的仪态。但是，女子仪态的难处，不在于饰演旦角，而在于饰演生角；不在于饰演生角，而在于饰演外末净丑等角色；又不在于扮演外末净丑等角色的坐卧和欢乐，而在于扮演外末净丑等角色的行走和哭泣。这都是因为女子脚小不能跨出大步，容貌娇美而不肯装出悲伤的样子。但是，扮演龙就得像龙，扮演老虎就得像老虎，扮演一样东西，却让人嘲笑扮演得不像，这样想得到荣誉却受到了羞辱，倒不如设身处地，把角色演得惟妙惟肖，让大家赞美的好。至于让美女扮演生角，比她扮演女妆时更显得风姿绰约。在不能再见到潘安和卫玠活着时的美貌时，我们可以把她们暂时妆扮成这两人的模样，不仅能使戏台生辉、戏曲动人，就算是在花前月下偶尔让她们扮成这样，和她们坐着聊天下棋，品茶焚香，这虽然不能和看戏的情形相比，也确实是温柔乡中的另一番情趣了。

颐 养 部

行 乐 小 序

【原文】

伤哉！造物生人一场，为时不满百岁。彼夭折之辈无论矣，姑就永年者道之，即使三万六千日，尽是追欢取乐时，亦非无限光阴，终有报罢之日。况此百年以内，有无数忧愁困苦、疾病颠连、名缰利锁、惊风骇浪阻人燕游，使徒有百岁之虚名，并无一岁二岁享生人应有之福之实际乎！又况此百年以内，日日死亡相告，谓先我而生者死矣，后我而生者亦死矣，与我同庚比算、互称弟兄者又死矣。

　　可悲啊！造物主造出人来让他活在世上，而给的生命却不足百年。那些夭折的人就不说了，单说那些长寿的，即使三万六千个日子每天都寻欢作乐，也不是无限光阴，总有完结的一天。何况这百年之内，有数不清的忧愁困苦、疾病的折磨、名利的枷锁、惊风骇浪，妨碍人们追求快乐，使人白白拥有一百岁的虚名，并没有一年两年的时间真正享有人生应该享有的福气呀！又何况这百年之内，每天都有死亡的消息传来，说先我而生的人死了，后我而生的人也死了，跟我同岁、互相称兄道弟的人又死了。

　　噫！死是何物？而可知凶不讳，日令不能无死者惊见于目，而怛闻于耳乎！是千古不仁，未有甚于造物者矣。虽然，殆有说焉。不仁者，仁之至也。知我不能无死，而日以死亡相告，是恐我也。恐我者，欲使及时为乐，当视此辈为前车也。康对山构一园亭，其地在北邙山麓，所见无非丘陇。客讯之曰："日对此景，令人何以为乐？"对山曰："日对此景，乃令人不敢不乐。"达哉斯言！予尝以铭座右。兹论养生之法，而以行乐先之；劝人行乐，而以死亡怵之，即祖是意。欲体天地至仁之心，不能不蹈造物不仁之迹。

　　唉！什么是死亡呢？竟然这样明目张胆横行无忌，每天都让死亡的事情发生，使活人看见心惊，听了胆寒呢？千百年来，最不仁慈的莫过于造物主了。虽然如此，还是可以解释的。造物主之所以这么不仁慈，实际上是为了实现至高无上的仁道。它知道人不能没有死亡，每天都以别人的死亡来告知，是在恐吓人。之所以要恐吓人，是想让人及时行乐，把死者当作前车之鉴。康对山曾经建造一处园亭，地点在北邙山麓，那里到处都是坟墓。有客人问他："面对这种景象，怎么能快乐呢？"康对山回答说："面对这种景象，令人不敢不快乐。"他说的话是如此的豁达啊！我曾经把它作为座右铭。如今探讨养生的方法，把行乐放在前面来谈，劝人行乐，却先用死亡来恐吓，就是出于这样的考虑。要想体现造物主至高无上的仁道之心，就不能不像造物主那样，暂且干点儿不仁慈的事儿。

【原文】

养生家授受之方，外借药石，内凭导引，其借口颐生而流为放辟邪侈者，则曰"比家"。三者无论邪正，皆术士之言也。予系儒生，并非术士。术士所言者术，儒家所凭者理。《鲁论·乡党》一篇，半属养生之法。予虽不敏，窃附于圣人之徒，不敢为诞妄不经之言以误世。有怪此卷以颐养命名，而觅一丹方不得者，予以空疏谢之。又有怪予著《饮馔》一篇，而未及烹饪之法，不知酱用几何，醋用几何，醯椒香辣用几何者。予曰："果若是，是一庖人而已矣，乌足重哉！"人曰："若是则《食物志》《遵生笺》《卫生录》等书，何以备列此等？"予曰："是诚庖人之书也。士各明志，人有弗为。"

【译文】

养生家教给人养生的方法，在外要借药石的力量，在内要靠凭练气导引，那些借口养生而流为怪僻邪侈的，则叫作"比家"。这三样不论邪正，都是术士之言。我是儒生，不是术士；术士讲的是术，儒家讲的是道理。《论语》中的《乡党》一篇，养生的方法占了文章内容的一半。我虽不才，私下里以圣人的学生自居，不敢用荒诞不经的话来误导世人。有人责怪这一卷题目叫作《颐养》，其中却找不到一个丹方，对此我只能承认自己见识短浅，表示歉意。还有人责怪我写《饮馔》一篇，而没有谈到烹饪的方法，不知道酱用多少，醋用多少，醯椒香辣用多少。我说："果真像那样的话，只是一个厨子而已，还有什么值得重视的呢？"有人说："这样说来，《食物志》《尊生笺》《卫生录》等书，为什么对这些记载得如此详细呢？"我说："那些确实是厨子用的书。人各有志，每个人都有他不想做的事。"

春季行乐之法

【原文】

　　人有喜怒哀乐，天有春夏秋冬。春之为令，即天地交欢之候，阴阳肆乐之时也。人心至此，不求畅而自畅，犹父母相亲相爱，则儿女嬉笑自如，睹满堂之欢欣，即欲向隅而泣，泣不出也。然当春行乐，每易过情，必留一线之余春，以度将来之酷夏。盖一岁难过之关，惟有三伏，精神之耗，疾病之生，死亡之至，皆由于此。故俗话云："过得七月半，便是铁罗汉。"非虚语也。

【译文】

　　人有喜怒哀乐，天有春夏秋冬。春天来到的时候，正是天地交欢、阴阳行乐的时候。人的心情到了这时候，不求畅快自然就会畅快，就像父母相亲相爱，则儿女嬉笑自如；看到满堂欢乐的景象，即使想对着墙角哭泣，也哭不出来。但是春天行乐，往往容易忘情，必须保留一点儿精力，以度过即将到来的酷暑。因为一年当中比较难过的关口，只有三伏天，精气的消耗，疾病的产生，死亡的到来，都是在这时节产生的。所以俗话说："过得七月半，便是铁罗汉。"这并非一句空话。

【原文】

　　思患预防，当在三春行乐之时，不得纵欲过度，而先埋伏病根。花可熟观，鸟可倾听，山川云物之胜可以纵游，而独于房欲之事略存余地。盖人当此际，满体皆春。春者，泄尽无遗之谓也。草木之春，泄尽无遗而不坏者，以三时皆蓄，而止候泄于一春，过此一春，又皆蓄精养神之候矣。人之一身，能保一时尽泄而三时皆不泄乎？尽泄于春而又不能不泄于夏，虽草木不能不枯，况人身之浮脆者乎？欲留枕席之余欢，当使游观之尽致。何也？ 分心花鸟，便觉体有余闲；并力闺帏，易致身无宁刻。然予所言，皆防已甚之词也；若使杜情而绝欲，是天地皆春而我独秋，焉用此不情之物，而作人中灾异乎？

【译文】

三春行乐的时候，对忧患也应当有所预防，不能纵欲过度，以致埋下病根儿。可以赏花，可以听鸟，可以纵情游览山川名胜，唯独在房事方面，应当留有一点儿余地。因为人在这个季节，浑身充满了情欲，人们常把情欲比喻为春。春，是泄尽无遗的意思。草木之春，能够泄尽无遗而不坏，是因为它在其他三个季节都在积蓄，只等春天到来的时候宣泄，过了春天，又是蓄精养神的时候了。人的精气，能保证一时泄尽而其他三个季节都不泄么？ 在春天已经泄尽了，在夏天也不能不泄，如此地一泄再泄，即使是草木也不能不枯萎，更何况是脆弱的人的身体呢？ 要想留得枕席之欢，就应当尽情去游览。为什么呢？ 把心思分散到花鸟上面，就会觉得精力饱满，游刃有余；把精力都用到房事上，容易导致身体没有片刻的安宁。不过我所讲的，都是防止过度的话。如果把情欲完全摒弃，那就成了天地万物生机盎然，而唯独人自己老气横秋，哪能让这种无情的东西成为人们中的灾异呢？

夏季行乐之法

【原文】

酷夏之可畏，前幅虽露其端，然未尽暑毒之什一也。使天只有三时而无夏，则人之死也必稀，巫医僧道之流皆苦饥寒而莫救矣。止因多此一时，遂觉人身叵测，常有朝人而夕鬼者。《戴记》云："是月也，阴阳争，死生分。"危哉斯言，令人不寒而栗矣。凡人身处此候，皆当时时防病，日日忧死。防病忧死，则当刻刻偷闲以行乐。从来行乐之事，人皆选暇于三春，予独息机于九夏。以三春神旺，即使不乐，无损于身；九夏则神耗气索，力难支体，如其不乐，则劳神役形，如火益热，是与性命为仇矣。《月令》以仲冬为闭藏；予谓天地之气闭藏于冬，人身之气当令闭藏于夏。试观隆冬之月，人之精神愈寒愈健，较之暑气铄人，有不可同年而语者。凡人苟非民社系身，饥寒迫体，稍堪自逸者，则当以三时行事，一夏养生。过此危关，然后出而应酬世故，未为晚也。

【译文】

　　酷暑的可怕之处，前面已经讲过一点儿，但还没有说到暑毒的十分之一。如果自然界只有春、秋、冬三个季节，而没有夏天，死人的事儿会少得多，巫医僧道之流就会无事可做，没饭吃没衣服穿，因而饿死冻死。只因为多了这一季，就觉得人身难测，常有早晨还是人，晚上就成了鬼的。戴氏《礼记》中说："这个月，白天达到最长，阴阳相争，生死分判。"这话听起来太可怕了！令人不寒而栗。人在这个季节，都要时时刻刻预防疾病，天天担心死亡。预防疾病、担心死亡，就应当时时刻刻偷闲行乐。历来人们行乐，大都选择在春天里进行，我偏偏在夏天忙里偷闲，及时行乐。因为春天里人的精力旺盛，即使不乐，对身体也没有什么损害；而三伏天则会精气耗尽，体力不足，如果不乐，就会使精神和身体俱都劳累不堪，如同给火加热，这就是跟自己的性命过不去了。《月令》以仲冬为闭藏。我认为天地之气，冬在闭藏，人身之气，却应当让它夏天闭藏。试看严寒的冬天，人的精神越冷越健，比起暑气铄人，真是不可同日而语。凡是没有公事在身、饥寒迫体，能够稍享安逸的人，就应当在春、秋、冬三个季节做事，在夏天养息身体。过了这个难关，然后出来应酬事务，也为时不晚。

【原文】

　　追忆明朝失政以后，大清革命之先，予绝意浮名，不干寸禄，山居避乱，反以无事为荣。夏不谒客，亦无

闲情偶寄

客至，匪止头巾不设，并衫履而废之。或裸处乱荷之中，妻孥觅之不得；或偃卧长松之下，猿鹤过而不知。洗砚石于飞泉，试茗奴以积雪；欲食瓜而瓜生户外，思啖果而果落树头。可谓极人世之奇闻，擅有生之至乐者矣。后此则徙居城市，酬应日纷，虽无利欲薰人，亦觉浮名致累。计我一生，得享列仙之福者，仅有三年。今欲续之，求为闰余而不可得矣。伤哉！人非铁石，奚堪磨杵作针；寿岂泥沙，不禁委尘入土。予以劝人行乐，而深悔自役其形。噫！天何惜于一间，以补富贵荣脍之不足哉！

【译文】

回想明朝灭亡以后，大清创建之前，我摒弃任何虚名，不求任何官位，躲在山里避战乱，反以无事为荣。夏天不出去访客，也没有客人来，不但不戴头巾，连衣服鞋子也不穿。有时赤身裸体待在杂乱的荷叶之中，老婆孩子找不到我；有时躺在长松之下，猿、鹤从我身边经过也没看到我。在飞泉瀑布之下涮笔洗砚，用积雪煮水沏茶；想吃瓜，瓜就长在门外；想吃果，果子就从树上落下来。这可以称得上是享尽人间清闲，占尽人生无上的快乐了。在这以后，我移居城市，每天都有太多的应酬，虽然没有利欲熏心，也觉得浮名累人。屈指算来，我一生当中得以享受神仙之福的时光，总共只有三年。现在想继续这样的生活，哪怕是一个月也得不到了。可悲啊！人又不是铁石，怎么经得起像磨杵成针那样的损耗？寿命难道是泥沙，可以随意丢进尘土？我通过劝人行乐，而对自身的劳役感到深深的懊悔。唉！但愿老天爷不那么吝啬就好，给我一点点行乐的空闲，以弥补我荣华富贵的不足吧！

秋季行乐之法

【原文】

过夏徂秋，此身无恙，是当与妻孥庆贺重生，交相为寿者矣。又值炎蒸初退，秋爽媚人，四体得以自如，衣衫不为桎梏，此时不乐，将待何时？况有阻人行乐之二物，非久即至。二物维何？霜也，雪也。霜雪一至，则诸物变形。非特无花，亦且少叶；亦时有月，难保无风。若谓"春宵一刻值千金"，则秋价之昂，宜增十倍。有山水之胜者，乘此时蜡屐而游，不则当面错过。何也？前此欲登而不可，后此欲眺而不能，则是又有一年之别矣。有金石之交者，及此时朝夕过从，不则交臂而失。何也？襶襶阻人于前，咫尺有同千里；风雪欺人于后，访戴何异登天？则是又负一年之约矣。

【译文】

夏去秋来，身体没出什么毛病，此时应当和妻子儿女庆贺重生，互相祝福。而且正当炎热初退，秋色宜人，四肢得以伸展自如，衣衫也不会太累赘，这时不行乐，还要等到什么时候？况且有两样妨碍人们行乐的东西不久就要来了。这两样东西是什么呢？就是霜和雪。霜、雪一来，万物改变了面貌，不但没有花，而且叶子也都凋零败落，所剩无几了；虽说有时也有美丽的月色，但是难保不会刮风。如果说"春宵一刻值千金"，那么秋天的价值应当比春宵贵上十倍。喜爱山水美景的，就应当趁此大好时机准备好浸了蜡的鞋子，收拾行装出游，不该当面错过。为什么呢？因为在此之前不能登山，在此之后不能远眺，要么又得等上一年。有好朋友的，应当在这个时候朝夕相处，不然就会错过这个时间了。为什么呢？因为在此之前暑气逼人，妨碍人们的来往，朋友虽然近在咫尺，却如同相隔千里；在此之后风雪袭人，拜访朋友不是比登天还难吗？这样就又负一年之约了。

【原文】

至于姬妾之在家，一到此时，有如久别乍逢，为欢特异。何也？暑月汗流，求为盛妆而不得，十分娇艳，惟四五之仅存；此则全副精神，皆可用于青鬟翠黛之上。久不睹而今忽睹，有不与远归新娶同其燕好者哉？为欢即欲，视其精力短长，总留一线之余地。能行百里者，至九十而思休；善登浮屠者，至六级而即下。此房中秘术，请为少年场授之。

【译文】

　　至于家里姬妾，一到这个时候，就像久别相逢，相处特别欢乐。为什么呢？夏天里汗流浃背，不能盛装艳抹，十分的姿色，只能剩下四五分；此时却是全部的精神都可以用在梳妆打扮上。而且好久不见她们盛妆，而今忽然看上去，岂不像久别重逢或者新娶的一样令人兴奋喜悦吗？寻欢作乐和节制欲望，都要根据自己精力的多少，总要留有一点儿余地，打个比方：能走一百里的走到九十里就应当考虑休息，攀登宝塔的爬到第六层就应当下来。这是房中秘术，请让我传授给少年的朋友。

冬季行乐之法

【原文】

　　冬天行乐，必须设身处地，幻为路上行人，备受风雪之苦，然后回想在家，则无论寒燠晦明，皆有胜人百倍之乐矣。尝有画雪景山水，人持破伞，或策蹇驴，独行古道之中，经过悬崖之下，石作狰狞之状，人有颠踬之形者。此等险画，隆冬之月，正宜悬挂中堂。主人对之，即是御风障雪之屏，暖胃和衷之药。若杨国忠之肉阵，党太尉之羊羔美酒，初试或温，稍停则奇寒至矣。

【译文】

　　冬季行乐，必须设身处地把自己想像为路上的行人，受尽了风雪严寒之苦，然后再回想自己还在家里，那么不管天气冷暖、是阴是晴，其快乐都会胜过别人百倍。有人画雪景山水画，画上的人物拿着破伞，或赶着瘸驴，独自走在古道之中，从悬崖下面经过，石头的形状狰狞恐怖，人仿佛随时都会摔下去。这种使人看了害怕的画，隆冬季节正适合挂在大厅中。主人面对这样的画，就像是躲避风雪的屏障、暖肠胃的药物。像杨国忠的"肉屏"，党太尉的羊羔美酒，最初尝试或许会觉得温暖，稍一停下来就会觉得更加寒冷。

【原文】

　　善行乐者，必先作如是观，而后继之以乐，则一分乐境，可抵二三分；五七分乐境，便可抵十分十二分矣。然一到乐极忘忧之际，其乐自能渐减，十分乐境，只作得五七分；二三分乐境，又只作得一分矣。须将一切苦境又复从头想起，其乐之渐增不减又复如初。此善讨便宜之第一法也。譬之行路之人，计程共有百里，行过七八十里，所剩无多，然无奈望到心坚，急切难待，种种畏难怨苦之心出矣。但一回头，计其行过之路数，则七八十里之远者可到，况其少而近者乎？譬如此际止行二三十里，尚余七八十里，则苦多乐少，其境又当何如？ 此种想念，非但可为行乐之方，凡居官者之理繁治剧，学道者之读书穷理，农工商贾之任劳即勤，无一不可倚之为法。

【译文】

善于行乐的人，必须先这样想，然后再想想眼前的快乐，那么一分快乐，可以抵得上二三分；五七分快乐，可以抵得上十分十二分了。然而，一旦快乐达到了极点，忘了所有的烦恼，那么人的快乐就会减轻，十分的快乐，只能变作五分七分；二三分的快乐，也只能剩下一分了。必须将所有的苦境又从头想起，快乐才会渐增不减，还像当初一样。这是善讨便宜的最佳办法。比如赶路的人，要走的路总共有一百里，走过七八十里，剩下的路不多了，但是一心盼望到达目的地，心中急不可耐，就会产生种种害怕困难抱怨痛苦的情绪。但是只要回头算一算已经走过的路程，那么，七八十里的路程都可以走完，何况剩下的很少一段呢？试想：假如此时只走了二三十里，还剩下七八十里，苦多乐少，境况又将怎样呢？这种想法，不但可以作为行乐的方法，凡是做官处理繁杂的公务，做学问的人读书推究穷理，农夫、工匠、商人辛勤劳作，没有一样不可以采取这种方法获得快乐。

【原文】

噫！人之行乐，何与于我？而我为之嗓敝舌焦，手腕几脱。是殆有媚人之癖，而以楮墨代脂韦者乎？

【译文】

　　唉！别人的行乐，跟我有什么相干？而我却为此说得几乎破了嗓子，写得手腕子差点儿脱臼，大概是我这个人有爱向人献媚的毛病，写起东西来也是如此吧？

饮 馔 部

蔬 食 小序

【原文】

　　吾观人之一身，眼耳鼻舌，手足躯骸，件件都不可少。其尽可不设而必欲赋之，遂为万古生人之累者，独是口腹二物。口腹具，而生计繁矣；生计繁，而诈伪奸险之事出矣；诈伪奸险之事出，而五刑不得不设。君不能施其爱育，亲不能遂其恩私，造物好生，而亦不能不逆行其志者，皆当日赋形不善，多此二物之累也。

【译文】

　　在我看来，人的身体，眼耳鼻舌，手脚躯干，样样都不可缺少；只有两样东西，其实完全可以不要，但是造物主偏偏要赋予，于是成了人类有史以来的一大累赘，这两样东西就是肚子和嘴巴。有了肚子和嘴巴，为了生计的操劳就多了；这一操劳，奸险欺诈虚伪的事情就发生了；有了诈伪奸险的事情，刑罚就不能不设了。君王不能爱护人民，父母不能慈爱子女，造物主喜欢生命也不能不违逆这一心意，这都是因为当初多给了人类这两样东西的缘故。

【原文】

　　草木无口腹，未尝不生；山石土壤无饮食，未闻不长养。何事独异其形，而赋以口腹？即生口腹，亦当使如鱼虾之饮水，蜩螗之吸露，尽可滋生气力，而为潜跃飞鸣。若是则可与世无求，而生人之患熄矣。乃既生以口腹，又复多其嗜欲，使如溪壑之不可厌。多其嗜欲，又复洞其底里，使如江海之不可填。以致人之一生，竭五官百骸之力，供一物之所耗而不足哉！

【译文】

　　草木没有肚子嘴巴，照样生长；山石土壤不吃饭不喝水，照样活着，为什么偏偏把人类造成特别的形状多长了肚子嘴巴呢？即便是长了肚子嘴巴，也应当像鱼虾饮水、知了吸露那样，能够使其滋养足够的力气，活蹦乱跳的。这样人们也就与世无争，人类的祸患也就停息了。谁知多了肚子嘴巴，又让它们多了许多嗜好，就像无法填满的沟壑；既多了嗜好，又让它没有止境，就像江海一样填不满。以致人的一生，竭尽了全部的精力，连一样东西的供给都不能满足！

【原文】

　　吾反复推详，不能不于造物是咎。亦知造物于此，未尝不自悔其非，但以制定难移，只得终遂其过。甚矣！作法慎初，不可草草定制。吾辑是编而谬及饮馔，亦是可已不已之事。其止崇俭啬，不导奢靡者，因不得已而为造物饰非，亦当虑始计终，而为庶物弭患。如逞一己之聪明，导千万人之嗜欲，则匪特禽兽昆虫无噍类，吾虑风气所开，日甚一日，焉知不有易牙复出，烹子求荣，杀婴儿以媚权奸，如亡隋故事者哉！一误岂堪再误，吾不敢不以赋形造物视作覆车。

【译文】

　　我想来想去，不能不怪罪造物主了。我也知道，造物主在这件事情上，未尝不后悔自己当初的过错；但是规矩一旦定下来，再改就难了，只好将错就错。由此可见，在开始制定规矩的时候，是不能草率行事的，在最初之时就应该谨慎啊！我在这本书中谈到了饮食，这件事本来是可做可不做的。但是我在本书当中，只崇尚节俭，不提倡人们奢侈，之所以要这样，是出于迫不得已，是为造物主掩饰过错，替造物主从长计议，为百姓消除祸患。如果为了表现个人聪明，刺激千万人的嗜欲，那样的话不但禽兽昆虫将会灭种，恐怕此风一长，一天比一天厉害，谁知会不会再出现像易牙那样的人，把自己的儿子煮成肉羹，去换取荣耀；或者不惜杀死婴儿来取媚于权奸，重蹈隋朝灭亡时那样的事情呢！　一错岂能再错，我不能不借鉴造物主当初的教训，把它作为前车之鉴。

【原文】

　　　　声音之道，丝不如竹，竹不如肉，为其渐近自然。吾谓饮食之道，脍不如肉，肉不如蔬，亦以其渐近自然也。草衣木食，上古之风，人能疏远肥腻，食蔬蕨而甘之，腹中菜园不使羊来踏破，是犹作羲皇之民，鼓唐虞之腹，与崇尚古玩同一致也。所怪于世者，弃美名不居，而故异端其说，谓佛法如是，是则谬矣。吾辑《饮馔》一卷，后肉食而首蔬菜，一以崇俭，一以复古；至重宰割而惜生命，又其念兹在兹，而不忍或忘者矣。

【译文】

　　对于音乐来说，弦乐不如管乐，管乐不如声乐，因为后者比前者更贴近自然。我觉得对于饮食来说，精工制作的肉不如普通的肉，肉食不如蔬菜，也是因为后者比前者更贴近自然。穿草衣吃素食，是上古时代人类的生活方式。人们如果能够跟肥腻疏远，吃些蔬菜野菜就觉得甜美，不吃牛羊之类的肉食，那就犹如活在伏羲、三皇的时代，享受着唐尧、虞舜时代的美好生活，跟崇尚古玩有着相同的情致。奇怪的是当今之世，人们抛弃尊古的美名，把吃素食当作异端的教条，说是佛法这么说的，这就错了。我在编写《饮馔》这一卷时，首先讲蔬菜，而把肉食放在后面，一是崇尚节俭，一是恢复古风；至于视屠宰为大事而珍惜生命，也是我念念不忘的。

笋

【原文】

　　　　论蔬食之美者，曰清，曰洁，曰芳馥，曰松脆而已矣。不知其至美所在，能居肉食之上者，只在一字之鲜。

《记》曰："甘受和，白受采。"鲜即甘之所从出也。此种供奉，惟山僧野老躬治园圃者，得以有之，城市之人向卖菜佣求活者，不得与焉。然他种蔬食，不论城市山林，凡宅旁有圃者，旋摘旋烹，亦能时有其乐。

【译文】

人们称道蔬菜的好处，总是讲清淡、干净、芳香、松脆这几样。但却不知道蔬菜之所以超过肉食，它最大的优点，只在一个"鲜"字。《礼记》中说："甘受和，白受采。""甘"是从"鲜"里来的。这种享受，只有山中的和尚、乡野人家、自己亲自浇园种菜的才吃得到；城市里向菜贩子买菜吃的人是享受不到的。然而别的蔬菜，不管是在城市里还是在山中，凡是房子旁边有菜园的，都可以现摘现烧，也能经常尝到新鲜。

【原文】

至于笋之一物，则断断宜在山林，城市所产者，任尔芳群，终是笋之剩义。此蔬食中第一品也，肥羊嫩豕，何足比肩？但将笋肉齐烹，合盛一簋，人止食笋而遗肉，则肉为鱼而笋为熊掌可知矣。购于市者且然，况山中之旋掘者乎？

【译文】

然而笋这东西，却一定是要山林中的才好；城市里所产的，不管它怎样新鲜，都不是正品。笋是蔬菜中的首选佳品，即使是肥羊嫩猪，又怎能跟它相提并论？只要把笋和肉放在一起煮，合盛在一个盘子里，那么人肯定光吃里面的笋，而把肉剩下，由此就可以知道笋比肉更可贵。就算是从市场上买来的笋都是这样，何况山里刚刚挖出来的呢？

【原文】

食笋之法多端，不能悉纪，请以两言概之，曰："素宜白水，荤用肥猪。"茹斋者食笋，若以他物伴之，香油和之，则陈味夺鲜，而笋之真趣没矣。白煮俟熟，略加酱油；从来至美之物，皆利于孤行，此类是也。以之伴荤，则牛羊鸡鸭等物皆非所宜，独宜于豕，又独宜于肥。肥非欲其腻也，肉之肥者能甘，甘味入笋，则不见其甘，但觉其鲜之至也。烹之既熟，肥肉尽当去之，即汁亦不宜多存，存其半而益以清汤。调和之物，惟醋与酒。此制荤笋之大凡也。笋之为物，不止孤行并用各见其美，凡食物中无论荤素，皆当用作调和。

【译文】

吃笋的方法很多，不能全部记录，可以用两句话来概括："素吃用清水，荤吃加肥肉。"吃斋的人吃笋，如果把笋跟别的东西一块儿来烧，再调上香油，那些东西的陈味儿就会把笋的鲜味儿夺走，这样吃笋的价值就体现不出来了。要用清水来煮，熟了以后加入一点点酱油。历来味道极美的东西，都是单独烧制的好，笋就是这样。如果把它跟肉食放在一起烧，牛羊鸡鸭等东西都不合适，只有猪肉合适，而且是肥的才好。之所以要用肥肉，不是取它的腻，肥肉味甘，甘味进到笋里被笋吸收，之后，甘味儿消失，只觉得笋变得更鲜了。煮熟以后，把肥肉全都挑出去，汁也不应多，留下一半的汁，再加进清汤。调味用的东西，只用醋和酒。这是烧制荤笋的大致情况。笋这东西，不管单吃还是合煮各有各的好处，而且食物不管荤素，都可以用它来调味。

【原文】

菜中之笋与药中之甘草，同是必需之物，有此则诸味皆鲜，但不当用其渣滓，而用其精液。庖人之善治具者，凡有焯笋之汤，悉留不去，每作一馔，必以和之，食者但知他物之鲜，而不知有所以鲜之者在也。《本草》中所载诸食物，益人者不尽可口，可口者未必益人，求能两擅其长者，莫过于此。东坡云："宁可食无肉，不可居无竹。无肉令人瘦，无竹令人俗。"不知能医俗者，亦能医瘦，但有已成竹未成竹之分耳。

【译文】

菜类当中的笋和中药中的甘草一样，都是必需的东西，有了它，各种东西都变得鲜美了。但是不应当用它的渣滓，而应当用它的精汤，高明的厨师，凡是有煮笋的汤，都留着，每做一道菜，都用它调和。吃菜的人光知道菜的味道鲜，却不知道是因为里面加了笋汤的原因。《本草》一书中所记载的各种食物，对人有益的不一定都可口，可口的不一定对人都有益，要想两全其美，没有比笋更好的了。苏东坡说："宁可食无肉，不可居无竹。无肉令人瘦，无竹令人俗。"他不知道，笋这东西不但可以医俗，也能治瘦，只不过有成竹和未成竹的区别罢了。

蕈

【原文】

　　求至鲜至美之物于笋之外，其惟蕈乎？蕈之为物也，无根无蒂，忽然而生，盖山川草木之气，结而成形者也。然有形而无体，凡物有体者必有渣滓，既无渣滓，是无体也。无体之物，犹未离乎气也，食此物者，犹吸山川草木之气，未有无益于人者也。其有毒而能杀人者，《本草》云以蛇虫行之故。予曰不然。

【译文】

　　要讲最鲜最美的东西，除了竹笋以外，或许只有蘑菇了吧？蘑菇这东西，无根无蒂，凭空从地里长出来，是山川草木的精气聚集成形的。不过它有形无体，凡是有体的东西一定会有渣滓；既然蘑菇没有渣滓，可见必然没有体。它虽然没有体，但还没有完全与气脱离，吃它就是吸取山川草木之气，对人是有益的。有的蘑菇有毒，能把人毒死，《本草》一书中说这是由于蛇虫在上面爬过。我说这话不对。

【原文】

　　蕈大几何，蛇虫能行其上？况又极弱极脆而不能载乎！盖地之下有蛇虫，蕈生其上，适为毒气所钟，故能害人。毒气所钟者能害人，则为清虚之气所钟者，其能益人可知矣。世人辨之原有法，苟非有毒，食之最宜。此物素食固佳，伴以少许荤食尤佳，盖蕈之清香有限，而汁之鲜味无穷。

【译文】

　　蘑菇能有多大，蛇虫岂能在上面爬？何况它又脆又弱，怎么经受得住呢！是因为地下有蛇虫，蘑菇生在上面，就吸收了毒气，所以能害人。有毒的蘑菇能害人，那么吸取了清虚之气的无毒的蘑菇，当然会对人有益了。对此，世人早有识别的方法，如果没有毒，就最适合吃了。这东西素食当然好，伴有少量荤食更好，因为蘑菇的清香有限，而汁的鲜味儿无穷。

菜

【原文】

　　世人制菜之法，可称百怪千奇，自新鲜以至于腌糟酱腊，无一不曲尽奇能，务求至美，独于起根发轫之事缺焉不讲，予甚惑之。其事维何？有八字诀云："摘之务鲜，洗之务净。"务鲜之论，已悉前篇。

【译文】

　　世人做菜的方法，可以说是千奇百怪，从新鲜的直到腌、糟、酱、腊，没有一样不是挖空心思，尽其所能，以求尽善尽美；只是开始阶段的事缺漏没讲，对此我觉得很疑惑。开始时应当怎么办呢？有八个字的口诀："摘之必鲜，洗之必净。"讲究新鲜的道理，前面已经谈过了。

【原文】

　　蔬食之最净者，曰笋，曰蕈，曰豆芽；其最秽者，则莫如家种之菜。灌肥之际，必连根带叶而浇之；随浇随摘，随摘随食，其间清浊，多有不可问者。洗菜之人，不过浸入水中，左右数漉，其事毕矣。孰知污秽之湿者可去，干者难去，日积月累之粪，岂顷刻数漉之所能尽哉？故洗菜务得其法，并须务得其人。以懒人、性急之人洗菜，犹之乎弗洗也。洗菜之法，入水宜久，久则干者浸透而易去；洗叶用刷，刷则高低曲折处皆可到，始能涤尽无遗。若是则菜之本质净矣。本质净而后可加作料，可尽人工，不然是先以污秽作调和，虽有百和之香，能敌一星之臭乎？噫，富室大家食指繁盛者，欲保其不食污秽，难矣哉！

　　蔬菜当中最干净的，有竹笋、蘑菇和豆芽；最脏的，莫过于自家中种的菜了。施肥的时候，总是连根带叶一起浇；随浇随摘，随摘随吃，这期间菜的干净与否，也就不用说了。洗菜的人，一般只是把菜浸在水里，左右涮几下就完事了。哪知菜上湿的脏东西容易洗掉，干的却难以除去，日积月累的粪点子，难道轻轻涮几下就能干净么？所以，洗菜必须讲究方法，而且要有适合的人。用生性懒惰的、性子急躁的人洗菜，洗跟不洗一个样。洗菜的方法，入水时间要长些，这样菜上干的脏东西被水浸透，就很容易洗掉；洗叶子要用刷子，这样叶子上面高高低低、弯弯曲曲的地方都可以洗到，才能洗得干净，不留脏物。这样，菜里外都干净了，就可以加进作料，充分施展烹饪技艺；否则有脏东西在上面，即使加入上百种香料，又怎能敌过一星半点儿的臭味儿？唉！有钱的大户人家吃的东西太多，要想保证不吃脏东西，真的很难！

　　菜类甚多，其杰出者则数黄芽。此菜萃于京师，而产于安肃，谓之"安肃菜"，此第一品也。每株大者可数斤，食之可忘肉味。不得已而思其次，其惟白下之水芹乎？予自移居白门，每食菜、食葡萄，辄思都门；食笋、食鸡豆，辄思武陵。物之美者，犹令人每食不忘，况为适馆授餐之人乎？

闲情偶寄

闲情偶寄

菜的种类很多，最好的要数黄芽。这种菜集中在京城销售，产地是安肃，称为"安肃菜"。它是蔬菜中的佳品。黄芽每棵大的有几斤重，吃过它之后可以让人忘记肉的味道。如果买不到，只能用差一点的代替，恐怕要数南京的水芹了。我移居南京以后，每到吃菜、吃葡萄的时候，就怀念京城；每到吃竹笋、芡实的时候，就怀念武陵。好吃的东西尚且吃过一次便使人念念不忘，何况是那些殷勤款待过我的人呢？

【原文】

菜有色相最奇，而为《本草》《食物志》诸书之所不载者，则西秦所产之头发菜是也。予为秦客，传食于塞上诸侯，一日脂车将发，见炕上有物，俨然乱发一卷，谬谓婢子栉发所遗，将欲委之而去。婢子曰："不然。群公所饷之物也。"询之土人，知为头发菜。浸以滚水，拌以姜醋，其可口倍于藕丝、鹿角等菜。携归饷客，无不奇之，谓珍错中所未见。此物产于河西，为值甚贱，凡适秦者皆争购异物，因其贱也而忽之，故此物不至通都，见者绝少。由是观之，四方贱物之中，其可贵者不知凡几，焉得人人物色之？发菜之得至江南，亦千载一时之至幸也。

【译文】

蔬菜当中长得最为奇特，而《本草》《食物志》等书中却没有记载的，就是陕西所产的"头发菜"了。我在陕西做客，到当地官员家里受招待，一天将要乘车出发，发现炕上有一团像乱发一样的东西，误以为是丫鬟梳头掉下来的，正要把它扔掉。丫鬟说："不是乱发，这是各位大人送的礼物。"向当地人询问，才知道这是"头发菜"。用开水浸泡，然后拌上姜和醋，吃起来比藕丝、鹿角等菜加倍地可口。我把它带回来请客人品尝，无人不称奇，说是山珍海味也赶不上它。这东西产在黄河以西，价钱非常便宜。到陕西去的人都争着抢买奇特的东西，对它却因为便宜而把它忽略了。所以这种东西没有流传到繁华的城市，很少有人见到。由此看来，各地的便宜货当中，好东西还不知道有多少，又哪能人人都找得到呢？"头发菜"能够来到江南之地，也算得上是千载难逢的一大幸事啊！

葱、蒜、韭

葱、蒜、韭三物，菜味之至重者也。菜能芬人齿颊者，香椿头是也；菜能秽人齿颊及肠胃者，葱、蒜、韭是也。椿头明知其香而食者颇少，葱、蒜、韭尽识其臭而嗜之者众，其故何欤？以椿头之味虽香而淡，不若葱、蒜、韭之气甚而浓。浓则为时所争尚，甘受其秽而不辞；淡则为世所共遗，自荐其香而弗受。吾于饮食一道，悟善身处世之难。一生绝三物不食，亦未尝多食香椿，殆所谓"夷、惠之间"者乎？

【译文】

葱、蒜、韭菜这三样东西，是蔬菜当中味道最重的。能使人唇齿留香的是香椿芽，能使人嘴巴和肠胃都带着难闻的气味的是葱、蒜和韭菜。人都知道香椿芽香，但吃它的不多；都知道葱、蒜

和韭菜臭，爱吃的人却不少。这是为什么呢？因为香椿芽的味道虽然很香却比较淡，不像葱、蒜、韭菜那样味道很浓。气味浓就被人所喜爱，甘愿忍受难闻的气味；气味淡却被世人忽视，就算香气能引起注意也不被接受。我从饮食方面，悟出了为人处世的艰难。我一生不吃葱、蒜和韭菜，也没有多吃香椿，大概可以称得上一个不偏不倚的人了吧？

【原文】

予待三物有差。蒜则永禁弗食；葱虽弗食，然亦听作调和；韭则禁其终而不禁其始，芽之初发，非特不臭，且具清香，是其孩提之心之未变也。

我对这三样东西也是有差别的。蒜是绝对不吃的；葱虽然不吃，但是可以用来做调味品；韭菜吃嫩的不吃老的，初发的韭菜不但不臭，而且有一股清香味儿，就像一个还没有泯灭天真的孩童。

萝　卜

【原文】

生萝卜切丝作小菜，伴以醋及他物，用之下粥最宜。但恨其食后打嗳，嗳必秽气。予尝受此厄于人，知人之厌我亦若是也，故亦欲绝而弗食。然见此物大异葱蒜，生则臭，熟则不臭，是与初见似小人，而卒为君子者等也。虽有微过，亦当恕之，仍食勿禁。

【译文】

生萝卜切丝作小菜，拌上醋以及别的东西，用来下粥最合适。只是不喜欢吃了萝卜会打嗝，打嗝时气味肯定很难闻。我曾经闻过别人喷出来的这种臭气，知道别人也会讨厌我打嗝，所以打算不再吃它了。但是觉得萝卜跟葱、蒜大不相同，萝卜生吃会有臭味儿，煮熟了吃就不会有臭味儿了，就像有的人，初见面像是小人，后来才知道是君子。萝卜虽有小小的缺点，还是应当原谅，所以仍然照吃。

谷　食 小序

【原文】

食之养人，全赖五谷。使天止生五谷而不产他物，则人身之肥而寿也，较此必有过焉；保无疾病相

煎，寿夭不齐之患矣。试观鸟之啄粟，鱼之饮水，皆止靠一物为生，未闻于一物之外，又有为之肴馔酒浆、诸饮杂食者也。乃禽鱼之死，皆死于人，未闻有疾病而死，及天年自尽而死者，是止食一物乃长生久视之道也。

【译文】

　　食物养人，全靠五谷。如果自然界只生五谷而不产别的食物，那么人身体的强壮和寿命的长度，一定会超过现在；而且一定不会有疾病煎熬以及寿夭不齐的忧患。试看鸟吃粟，鱼饮水，都是靠一种食物为生，没听说在一种食物之外，还有什么佳肴美酒，弄许多种杂类饮食的。禽鸟和鱼类的死，都是死在人的手里，没听说有病死或者寿命到了自己死的。由此可见，只吃一种食物，乃是长生之道。

【原文】

　　人则不幸而为精腆所误，多食一物多受一物之损伤，少静一时少安一时之淡泊。其疾病之生，死亡之速，皆饮食太繁，嗜欲过度之所致也。此非人之自误，天误之耳。天地生物之初，亦不料其如是，原欲利人口腹，孰意利之反以害之哉！然则人欲自爱其生者，即不能止食一物，亦当稍存其意，而以一物为君。使酒肉虽多，不胜食气，即使为害，当亦不甚烈耳。

【译文】

　　人的不幸就在于吃太精美太丰厚的食物，多吃一种就多受一种损害，少安静一时就少了一时的淡泊。人们生病、早死，都是吃得太繁杂、嗜欲过度造成的。这不是人的过错，而是上天贻误了他。上天在造物之初，也没料到会是这样的结果，本来是想对人的嘴巴肚子有益，哪想到反而成了祸害呢！如此说来，人要是爱惜自己的生命，就算不能单吃一种东西，也应当领会这个精神，以吃一样东西为主。酒肉虽多，但是不要吃得太多，不让它超过饭量，即便有害，也不至于太严重。

汤

　　汤即羹之别名也。羹之为名，雅而近古；不曰羹而曰汤者，虑人古雅其名，而即郑重其实，似专为宴客而设者。然不知羹之为物，与饭相俱者也，有饭即应有羹，无羹则饭不能下，设羹以下饭，乃图省俭之法，非尚奢靡之法也。

【译文】

　　"汤"是"羹"的别名，"羹"这个名字很雅致，很有古意。之所以把它叫作"汤"而不叫作"羹"，是担心人们认为"羹"这个名字很古雅，因而把它看得很郑重，似乎是专门为宴请宾客而准备的。哪知羹这东西，是和米饭相搭配的，有米饭就应当有羹，没有羹就吃不下饭。做羹下饭，本来是为了节俭的方法，而不是崇尚奢侈的方法。

【原文】

　　古人饮酒，即有下酒之物；食饭，即有下饭之物。世俗改下饭为"厦饭"，谬矣。前人以读史为下酒物，岂下酒之"下"，亦从"厦"乎？"下饭"二字，人谓指肴馔而言，予曰不然。肴馔乃滞饭之具，非下饭之具也。食饭之人见美馔在前，匕箸迟疑而不下，非滞饭之具而何？饭犹舟也，羹犹水也；舟之在滩，非水不下，与饭之在喉，非汤不下，其势一也。且养生之法，食贵能消；饭得羹而即消，其理易见。故善养生者，吃饭不可无羹；善作家者，吃饭亦不可无羹。宴客而为省馔计者，不可无羹；即宴客而欲其果腹始去，一馔不留者，亦不可无羹。何也？羹能下饭，亦能下馔故也。

【译文】

　　古人喝酒有下酒的东西，吃饭也有下饭的东西。世人把"下饭"改成了"厦饭"，是错误的。前人一边阅读史书一边喝酒，把读史当成下酒的东西，难道"下酒"的"下"，也该改成"厦"吗？"下饭"两个字，一般人以为指的是菜肴，我说不是。菜肴只能让人把饭剩下，不是能下饭的东西。吃饭的人看见美味佳肴在前，筷子迟迟不下，不就把饭剩下了吗？饭就像是船，汤就像是水；船在滩上，没有水就下不去。这跟饭到喉咙，没有汤就下不去，道理是一样的。而且养生的关键在于，吃了东西能够消化；米饭遇到汤就容易消化，这个道理很明显。所以，善于养生的人，吃饭不能没有汤；善于持家的人，吃饭也不能没有汤。是宴请客人，想要省菜的话也不能没有汤；即使是宴请客人要想让人吃饱，并且一个菜也不剩下，也不能没有汤。这是为什么呢？这是因为汤能下饭，也能下菜。

【原文】

　　近来吴越张筵，每馔必注以汤，大得此法。吾谓家常自膳，亦莫妙于此。宁可食无馔，不可饭无汤。有汤下饭，即小菜不设，亦可使哺啜如流；无汤下饭，即美味盈前，亦有时食不下咽。予以一赤贫之士，而养半百口之家，有饥时而无馑日者，遵是道也。

【译文】

　　近来吴、越等地摆筵席，每个菜里面都要有汤，就是了解了这个方法的精髓。我认为平常自家吃饭，最好也是这样。宁可吃饭没有菜，也不能吃饭没有汤。有汤下饭，即使没有小菜，也能吃得痛快；没有汤下饭，即使眼前摆满了美味佳肴，有时也会食不下咽。我这个贫苦之人，要养活一家五十口，虽然有时不免挨饿，但总不至于闹饥荒，靠的就是这一方法。

面

【原文】

南人饭米，北人饭面，常也。《本草》云："米能养脾，麦能补心。"各有所裨于人者也。然使竟日穷年止食一物，亦何其胶柱口腹，而不肯兼爱心脾乎？予南人而北相，性之刚直似之，食之强横亦似之。一日三餐，二米一面，是酌南北之中，而善处心脾之道也。但其食面之法，小异于北，而且大异于南。北人食面多作饼，予喜条分而缕析之，南人之所谓"切面"是也。南人食切面，其油盐酱醋等作料，皆下于面汤之中，汤有味而面无味，是人之所重者不在面而在汤，与未尝食面等也。

【译文】

南方人吃米饭，北方人吃面食，一般如此。《本草》一书中说："米能养脾，麦能补心。"米、面对人各有好处。但是如果一年到头儿只吃一种食物，既亏待了嘴巴肚子，又不爱惜自己的心、脾，这怎么行呢？我生在南方，实际上却很像北方人，性格刚直跟北方人相似，饮食上的强横也像。一天三餐，两顿吃米一顿吃面，这是南北调和，善于调节心与脾的方法。但吃面的方法，跟北方人有些不同，跟南方人的差异就更大了。北方人吃面食，大多做成饼，我喜欢做成面条，也就是南方人所说的"切面"。南方人吃切面，把油盐酱醋等作料，统统下到面汤里，汤有味儿面却没味儿。这就是人们重视的不是面而是汤，就跟没吃面一样。

【原文】

予则不然，以调和诸物尽归于面，面具五味而汤独清，如此方是食面，非饮汤也。所制面有二种，一曰"五香面"，一曰"八珍面"。五香膳己，八珍饷客，略分丰俭于其间。五香者何？酱也，醋也，椒末也，芝麻屑也，焯笋或煮蕈煮虾之鲜汁也。先以椒末、芝麻屑二物拌入面中，后以酱醋及鲜汁三物和为一处，即充拌面之水，勿再用水。拌宜极匀，擀宜极薄，切宜极细，然后以滚水下之，则精粹之物尽在面中，尽勾咀嚼，不似寻常吃面者，面则直吞下肚，而止咀咂其汤也。

【译文】

我就不这样，而是把各种调味的作料都放到面里，面条的味道很丰富而汤是清的。这样才是吃面，而不是喝汤。我制作的面有两种，一种叫"五香面"，一种叫"八珍面"。五香面自己吃，八珍面用来招待客人，这当中稍微有点丰盛和俭约的区别。所谓"五香"指的是哪五香呢？就是酱、醋、椒末、碎芝麻、煮笋或者煮蘑菇和煮虾的鲜汁。先把椒末、碎芝麻拌进面里，然后把酱、醋以及鲜汁和在一起，当作和面的水，不用别的水。和面要和得非常均匀，擀面要擀得极薄，切面要切得很细，然后用开水下面。这样，精华都在面里，值得咀嚼品味，不像寻常人吃面那样，把面直吞到肚子里，而只是慢慢品那个汤。

【原文】

八珍者何？鸡、鱼、虾三物之肉，晒使极干，与鲜笋、香蕈、芝麻、花椒四物，共成极细之末，和入面中，与鲜汁共为八种。酱醋亦用，而不列数内者，以家常日用之物，不得名之以珍也。鸡鱼之肉，务取极精，稍带肥腻者弗用，以面性见油即散，擀不成片，切不成丝故也。但观制饼饵者，欲其松而不实，即拌以油，则面之为性可知已。鲜汁不用煮肉之汤，而用笋、蕈、虾汁者，亦以忌油故耳。所用之肉，鸡、鱼、虾三者之中，惟虾最便，屑米为面，势如反掌，多存其末，以备不时之需；即膳己之五香，亦未尝不可六也。拌面之汁，加鸡蛋青一二盏更宜，此物不列于前而附于后者，以世人知用者多，列之又同剿袭耳。

【译文】

所谓"八珍"指的是哪八珍呢？就是鸡肉、鱼肉、虾肉，晒得极干，跟鲜笋、香菇、芝麻、花椒四种东西，一起研成粉末，和到面里，再加上鲜汁，一

共是八种。酱、醋也用，但是并不算数，因为酱、醋是家常用的东西，称不得"珍"。鸡、鱼的肉，一定要选得很精细，稍带点肥腻的都不行，因为面的特点是遇到油就散，散了就擀不成片，切不成丝。只要看一看烙饼的人，要想使饼松软酥脆，就往面里倒油，就可以知道了。鲜汁不用煮肉的汤，而用煮竹笋、煮香菇、煮虾的汤，也是为了忌油。所用的肉，鸡、鱼、虾三样当中，虾肉最方便，很容易擀成末，多准备一些虾粉，以备不时之需；即便是自己吃的五香面，也可以增加一味，变成六香。和面用的汁，若再加进一两个鸡蛋清会更好。这种方法前面没讲而附在后面说，是因为世人大多知道，写在前面又跟抄袭一样了。

肉　食 小 序

【原文】

　　"肉食者鄙"，非鄙其食肉，鄙其不善谋也。食肉之人之不善谋者，以肥腻之精液，结而为脂，蔽障胸臆，犹之茅塞其心，使之不复有窍也。此非予之臆说，夫有所验之矣。

【译文】

　　古人说："肉食者鄙。"他的鄙并不是鄙视他们吃肉，而是鄙视他们不善思考。吃肉的人之所以不善于思考，是因为肉这东西太肥腻了，油脂凝结成脂肪，堵塞了心胸；堵塞了心胸，就像心被茅草塞住，使它不开窍了。这不是我在瞎说，而是经过了验证的。

【原文】

　　诸兽食草木杂物，皆狡黠而有智。虎独食人，不得人则食诸兽之肉，是匪肉不食者，虎也；虎者，兽之至愚者也。何以知之？考诸群书则信矣。"虎不食小儿"，非不食也，以其痴不惧虎，谬谓勇士而避之也。"虎不食醉人"，非不食也，因其醉势猖獗，目为劲敌而防之也。"虎不行曲路，人遇之者，引至曲路即得脱。"其不行曲路者，非若澹台灭明之行不由径，以颈直不能回顾也。使知曲路必脱，先于周行食之矣。《虎苑》云："虎之能搏狗者，牙爪也。使失其牙爪，则反伏于狗矣。"迹是观之，其能降人降物而借之为粮者，则专恃威猛，威猛之外，一无他能，世所谓"有勇无谋"者，虎是也。予究其所以然之故，则以舍肉之外，不食他物，脂腻填胸，不能生智故也。

【译文】

许多以草木杂物为食的野兽，都狡猾而聪明。老虎吃人，吃不到人就吃各种野兽，真是非肉不食。然而老虎在兽类当中是最愚蠢的。怎么知道的呢？只要看一看各种书籍就相信了。书上说"老虎不吃小孩儿"，并不是真的不吃小孩儿，只是小孩儿还懵懂不知道害怕老虎，老虎还以为他是勇士，所以逃避他。书上说"老虎不吃醉酒的人"，并不是真的不吃醉酒的人，而是因为醉酒的人看上去疯疯颠颠、肆无忌惮，老虎把他当成了强劲的敌人，所以提防他。"老虎不走弯路，人遇到老虎，只要把它引到弯路上，人就能逃脱。"老虎不走弯路，并不是像澹台灭明那样不走小路，而是因为它的脖子是直的不能回头。如果老虎知道人到了弯路上就会逃脱，肯定就先在大路上就把人吃掉了。《虎苑》上说："老虎之所以斗得过狗，全在于它有牙和爪子。如果老虎没有牙和爪子，就会反过来被狗制伏。"由此看来，老虎之所以能够降服人、动物，并以他们作为食物，靠的只是威猛，除此之外，就没有别的能耐了。世人常说的"有勇无谋"，老虎就是。我推究其中的原因，发现老虎之所以会这样，就是因为它除了吃肉以外，就不吃别的，油腻堵塞了心胸，使它不能生出智慧。

【原文】

然则"肉食者鄙，未能远谋"，其说不既有征乎？吾今虽为肉食作俑，然望天下之人，多食不如少食。无虎之威猛而益其愚，与有虎之威猛而自昏其智，均非养生善后之道也。

由此可见，"肉食者鄙，未能远谋"的说法，不是已经得到验证了吗？我现在虽然探讨肉食，但还是希望人们，多吃不如少吃。没有老虎的威猛而加重了愚昧，跟有了老虎的威猛而自己闭塞了智慧，都不是善于养生的方法。

猪

【原文】

　　食以人传者，"东坡肉"是也。卒急听之，似非豕之肉，而为东坡之肉矣。东坡何罪？而割其肉以实千古馋人之腹哉？　甚矣，名士不可为，而名士游戏之小术，尤不可不慎也。

【译文】

　　食物因人而流传的，"东坡肉"便是。乍一听起来，好像不是猪的肉，倒像是苏东坡的肉了。苏东坡有什么罪？而要割他的肉来填塞千古以来馋嘴之人的肚皮呢？真是太过分了！名士不可做，而名士自娱自乐的小游戏，尤其不能不慎重。

【原文】

　　至数百载而下，糕、布等物，又以眉公得名。取"眉公糕""眉公布"之名，以较"东坡肉"三字，似觉彼善于此矣。而其最不幸者，则有溷厕中之一物，俗人呼为"眉公马桶"。噫！马桶何物，而可冠以雅人高士之名乎？予非不知肉味，而于豕之一物，不敢浪措一词者，虑为东坡之续也。即溷厕中之一物，予未尝不新其制，但蓄之家，而不敢取以示人，尤不敢笔之于书者，亦虑为眉公之续也。

【译文】

　　到数百年后，糕点和布等东西，又因眉公而得名，取名"眉公糕""眉公布"，比起"东坡肉"三个字，似乎还好听一些。而最不幸的是，厕所里有一

样东西，俗人称之为"眉公马桶"。唉！马桶是什么东西？怎么可以冠以雅人高士的名字呢？我不是不知道猪肉的味儿，但是对猪肉却一句话也不敢随便讲，怕成为第二个苏东坡。即便是厕所里那玩意儿，我也未尝没有搞些新花样，但只藏在家里，不敢拿出来给别人看，更不敢写进书里，也是担心成为第二个眉公。

羊

【原文】

　　物之折耗最重者，羊肉是也。谚有之曰："羊几贯，帐难算，生折对半熟对半，百斤止剩念余斤，缩到后来只一段。"大率羊肉百斤，宰而割之，止得五十斤，迨烹而熟之，又止得二十五斤，此一定不易之数也。但生羊易消，人则知之；熟羊易长，人则未之知也。羊肉之为物，最能饱人，初食不饱，食后渐觉其饱，此易长之验也。凡行远路及出门作事，卒急不能得食者，啖此最宜。秦之西鄙，产羊极繁，土人日食止一餐，其能不枵腹者，羊之力也。

【译文】

　　食物当中折耗最多的就是羊肉。谚语说："羊几贯，帐难算，生折对半熟对半，百斤只剩念余斤，缩到后来只一段。"大致说来，一百斤左右的羊，宰杀以后只能得到五十斤肉，做熟以后，又只剩二十五斤，这是一定不变的数字。不过生羊肉容易折耗，人们都知道；而熟羊肉容易膨胀，人们就不知道了。羊肉这东西，最能饱人，刚吃的时候不觉得饱，吃过以后会渐渐觉得饱起来，这是容易膨胀的

效验。凡是走远路和外出办事，仓促间吃不上饭的，吃羊肉最合适。陕西西部，产羊极多，当地人一天只吃一顿饭，而不会饿肚子，靠的就是羊肉。

【原文】

   《本草》载羊肉，比人参、黄芪。参芪补气，羊肉补形。予谓补人者羊，害人者亦羊。凡食羊肉者，当留腹中余地以俟其长。倘初食不节而果其腹，饭后必有胀而欲裂之形，伤脾坏腹，皆由于此，葆生者不可不知。

【译文】

  《本草》一书中记载羊肉，将它和人参、黄芪对比，人参、黄芪能补气，羊肉补体。在我看来，羊肉能滋补人，也能够损害人。凡是吃羊肉的，不能吃得太饱，应当让肚子留有余地，等羊肉膨胀。如果开始的时候不节制，吃得很饱，饭后一定会出现肚子膨胀欲裂的感觉，伤脾坏腹的事儿都是这样发生的，爱护身体的人不能不懂得这一点。

牛、犬

【原文】

   猪、羊之后，当及牛、犬。以二物有功于世，方劝人戒之之不暇，尚忍为制酷刑乎？略此二物，遂及家禽，是亦以羊易牛之遗意也。

【译文】

  猪、羊之后，应该谈到牛和狗了。牛和狗对人来说是有功之臣，我劝人不杀还来不及，怎么还忍心对它们施加酷刑呢？所以略过这两种动物不谈，接着讲家禽，这也是古人用羊来代替牛的心意。

鸡

【原文】

   鸡亦有功之物，而不讳其死者，以功较牛、犬为稍杀。天之晓也，报亦明不报亦明，不似畎亩、盗贼，非牛不耕，非犬之吠则不觉也。然较鹅、鸭二物，则淮阴羞伍绛、灌矣。烹饪之刑，似宜稍宽于鹅、鸭。卵之有雄者弗食，重不至斤外者弗食。即不能寿之，亦不当过夭之耳。

【译文】

鸡对人类而言也是有功之臣，而人们之所以不把它当一回事，杀不杀无所谓，是因为它的功劳比牛和狗小一些。鸡能报晓，可是不管鸡报不报晓，天总是要亮的；但是如果没有牛，土地就没法耕种，没有狗叫，主人就没法察觉。然而鸡跟鹅、鸭比起来，毕竟要强得多，就像韩信羞于跟周勃、灌婴为伍。鸡所遭受的烹饪之刑，似乎要比鹅、鸭稍微轻一些。正在下蛋的鸡不要吃，重量不超过一斤的鸡也不要吃。即便不能让它养尽天寿，也不应该让它过早夭亡。

鹅

【原文】

鹅鹅之肉无他长，取其肥且甘而已矣。肥始能甘，不肥则同于嚼蜡。鹅以固始为最，讯其土人，则曰："豢之之物，亦同于人。食人之食，斯其肉之肥腻亦同于人也。"犹之豕肉以金华为最，婺人豢豕，非饭即粥，故其为肉也甜而腻。然则固始之鹅，金华之豕，均非鹅豕之美，食美之也。食物美物，奚俟人言？归而求之，有余师矣。但授家人以法，彼虽饲以美食，终觉饥饱不时，不似固始、金华之有节，故其为肉也，犹有一间之殊。盖终以禽兽畜之，未尝稍同于人耳。"继子得食，肥而不泽。"其斯之谓欤？

【译文】

鹅肉没有别的优点，只是取它的肉又肥又香罢了。肉肥的才香，不肥吃

起来就味同嚼蜡。鹅以固始产的最好，询问当地人，说："用来喂鹅的东西，跟人吃的一样。吃人所吃的食物，所以它的肉也跟人一样肥腻。"这就像猪肉以金华所产的最好，金华人养猪，不是喂饭就是喂粥，所以猪肉又甜又腻。如此说来，固始的鹅、金华的猪，都不是它们的品种好，而是喂的东西好。吃的好就能长得好，这还用说吗？回头想想，其中有些做法值得我们学习。但是我只把方法教给了家人，他们虽然用了好饲料，可还是觉得喂得饿一顿饱一顿，不像固始、金华的人们那样喂得按时按量、分配均匀，所以肉的质量还有一定的差距。因为说到底人们还是把它们当作畜生看待，没有像人那样看待。古人说："继子得食，肥而不泽。"大概说的就是这个道理吧？

【原文】

　　有告予食鹅之法者，曰："昔有一人，善制鹅掌。每蓁肥鹅将杀，先熬沸油一盂，投以鹅足，鹅痛欲绝，则纵之池中，任其跳跃。已而复擒复纵，炮瀹如初。若是者数四，则其为掌也，丰美甘甜，厚可径寸，是食中异品也。"予曰："惨哉斯言，予不愿听之矣！物不幸而为人所畜，食人之食，死人之事。偿之以死亦足矣，奈何未死之先，又加若是之惨刑乎？二掌虽美，入口即消，其受痛楚之时，则有百倍于此者。以生物多时之痛楚，易我片刻之甘甜，忍人不为，况稍具婆心者乎？地狱之设，正为此人，其死后炮烙之刑，必有过于此者。"

【译文】

　　有人向我介绍一种吃鹅的方法，说："从前有一个很会做鹅掌的人，每次杀鹅的时候，先烧一锅油，油烧开以后把鹅脚放进去，鹅痛得要死，就跳到水塘里，任它跳跃。然后再抓再放，这样来回重复几次之后，鹅掌就肥美甘甜，有一寸厚，是食物当中的异品。"我说："这话太惨了！我不愿再听下去了！动物不幸而被人蓄养，吃人给予的东西，就该为人而死，用一死来偿还就足够了，为什么在死之前，还要让它遭受这样的酷刑呢？两个鹅掌虽然好吃，吃到嘴里就没了；但是鹅为此要增加百倍的痛苦。用动物长时间的痛苦，换来人嘴巴片刻的享受，残忍的人也不会这样做，更何况有怜悯之心的人呢？地狱正是为这样的人准备的，他死后所受的炮烙之刑，一定比这还要残酷。"

鸭

【原文】

　　禽属之善养生者，雄鸭是也。何以知之？知之于人之好尚。诸禽尚雌，而鸭独尚雄；诸禽贵幼，而鸭独贵长。故养生家有言："烂蒸老雄鸭，功效比参芪。"使物不善养生，则精气必为雌者所夺，诸禽尚雌者，以为精气之所聚也。使物不善养生，则情窍一开，日长而日瘠矣，诸禽贵幼者，以其泄少而存多也。雄鸭能愈长愈肥，皮肉至老不变，且食之与参、芪比功，则雄鸭之善于养生，不待考核而知之矣。然必俟考核，则前此未之闻也。

【译文】

　　禽类当中善于养生的是公鸭。怎么知道的？从人们的嗜好可以看出。人们在挑选各种家禽时，都爱挑母的，而鸭子独独是公的好；其他家禽都爱挑年幼的，而鸭子却是年岁多的可贵。所以养生家说："老公鸭煮得烂熟，功效比得上人参、黄芪。"如果动物不善养生，精气一定会被雌性的夺去，家禽当中之所以母的为贵，是因为它们身上聚积了精气。如果动物不善养生，发起情来，就会越长越瘦。各种家禽当中以年幼的为贵，是因为它们的精气泄出的还不多。公鸭越长越肥，皮肉到老不变，而且吃它跟吃人参、黄芪功效差不多，那么不用问就知道，公鸭是很善于养生的。如果非要问这一说法是从哪儿来的，那么我告诉你，这是我发明的。

鱼

　　鱼藏水底，各自为天，自谓与世无求，可保戈矛之不及矣。乌知细罟之奏功，较弓矢置罦为更捷。无事竭泽而渔，自有吞舟不漏之法。然鱼与禽兽之生死，同是一命，觉鱼之供人刀俎，似较他物为稍宜。

　　鱼儿藏在水底，各自为天，自己以为与世无争，可以保证不受到人类武器的伤害。哪知渔网比弓箭还厉害，用不着竭泽而渔，只须用网一抄，再大的鱼也不会漏掉。然而鱼和禽兽同样都是一条性命，但鱼被人宰杀，比起别的东西来总让人觉得是应该的。

　　何也？水族难竭而易繁。胎生卵生之物，少则一母数子，多亦数十子而止矣。鱼之为种也似粟，千斯仓而万斯箱，皆于一腹焉寄之。苟无沙汰之人，则此千斯仓而万斯箱者生生不已，又变而为恒河沙数。至恒河沙数之一变再变，以至千百变，竟无一物可以喻之，不几充塞江河而为陆地，舟楫之往来能无恙乎？故渔人之取鱼虾，与樵人之伐草木，皆取所当取，伐所不得不伐者也。我辈食鱼虾之罪，较食他物为稍轻。兹为约法数章，虽难比乎祥刑，亦稍差于酷吏。

　　这是为什么呢？因为水中的生物很容易繁殖，不会竭尽。动物当中胎生、卵生的，少的一胎产几个崽儿，多的几十个，也就到头儿了；鱼的繁殖，一个肚子可以装下千千万万个卵，如果没有人像淘沙子那样把它们赶尽杀绝的话，这千千万万个卵子又可以不断繁殖，生生不已，如同恒河沙数，接着一变再变，千变万化，到后来竟多得无法形容。这岂不把江河堵塞成陆地，船只还能正常往来吗？因此，渔夫打鱼捞虾，跟樵夫砍伐草木一样，都是取所当取，伐所应伐。人类吃鱼虾的罪过，比吃别的要稍微轻一些。我在这里定几个规矩，虽然难以跟慎用刑罚的善者相比，但是比酷吏要好一些。

【原文】

食鱼者首重在鲜，次则及肥，肥而且鲜，鱼之能事毕矣。然二美虽兼，又有所重在一者。如鲟、如鳟、如鲫、如鲤，皆以鲜胜者也，鲜宜清煮作汤；如鳊、如白、如鲋、如鲢，皆以肥胜者也，肥宜厚烹作脍。烹煮之法，全在火候得宜，先期而食者肉生，生则不松；过期而食者肉死，死则无味。

【译文】

吃鱼首先讲究新鲜，其次是肥，又鲜又肥，吃鱼的优点就全了。两个优点虽然都兼顾了，还是有侧重在其中一个优点上的。如鲟鱼、鳟鱼、鲫鱼、鲤鱼等，都是以鲜取胜的，鲜的适宜清煮做汤；如鳊鱼、白鱼、鲋鱼、鲢鱼等，都是以肥取胜的，肥的适宜炖着吃。烹煮全在于火候适当，火候不到，鱼肉就生，生了就不好嚼；火候过了，鱼肉就老，老了就没味儿了。

【原文】

迟客之家，他馔或可先设以待，鱼则必须活养，候客至旋烹。鱼之至味在鲜，而鲜之至味又只在初熟离釜之片刻，若先烹以待，是使鱼之至美，发泄于空虚无人之境；待客至而再经火气，犹冷饭之复炊，残酒之再热，有其形而无其质矣。煮鱼之水忌多，仅足伴鱼而止，水多一口，则鱼淡一分。司厨婢子，所利在汤，常有增而复增，以致鲜味减而又减者，志在厚客，不能不薄待庖人耳。更有制鱼良法，能使鲜肥进出，不失天真，迟速咸宜，不虞火候者，则莫妙于蒸。置之镟内，入陈酒、酱油各数盏，覆以瓜姜及蕈笋诸鲜物，紧火蒸之极熟。此则随时早暮，供客咸宜，以鲜味尽在鱼中，并无一物能侵，亦无一气可泄，真上着也。

【译文】

  请客的人家，别的东西有的可以预先做好，但是鱼却必须活养，等客人来了现杀现做。鱼的好味道全在于鲜，鲜又只在出锅的那一片刻，如果预先做好了等客人来，鱼的鲜味儿就全没了；等客人来了再放到火上蒸一遍，就像冷饭再做，剩酒再热，看上去虽然还是那样子，但味道已经失去了。煮鱼的水不能多，只要能没过鱼就行了。水多一分，鱼味就淡一分。负责做饭的女佣，总想得到鱼汤喝，所以为了占些便宜，常常将水添了又添，以致鱼的鲜味儿淡了又淡。做鱼是为了款待客人的，所以不能不薄待女佣。还有一种做鱼的好方法，可以使鱼又鲜又肥，不失天然的味道，而且快慢都行，也不用担心火候，那就莫过于蒸了。把鱼放在盘子里，放入几盏陈酒和酱油，上面撒上瓜片、姜片、香菇、笋片等鲜物，用猛火蒸得烂熟。这样做出来的鱼，可以不分早晚，随时拿来招待客人，因为鲜味儿都在鱼里面了，别的味道进不去，鱼的味道也不会泄，真是好办法。

种 植 部

木 本 小 序

【原文】

  草木之种类极杂，而别其大较有三，木本、藤本、草本是也。木本坚而难痿，其岁较长者，根深故也；藤本之为根略浅，故弱而待扶，其岁犹以年纪；草本之根愈浅，故经霜辄坏，为寿止能及岁。

【译文】

  草木的种类复杂多样，大致可以分为三类：木本、藤本、草本。木本类植物坚实，不易枯萎，它们存活的时间比较长，是因为它们的根长得非常深；藤本类植物的根稍微浅些，所以体质柔弱，需要扶持，寿命还可以按年计算；草本类植物的根更浅，所以霜冻到来时就会死亡，存活时间至多只有一年。

【原文】

　　是根也者，万物短长之数也，欲丰其得，先固其根，吾于老农老圃之事，而得养生处世之方焉。人能虑后计长，事事求为木本，则见雨露不喜，而睹霜雪不惊。其为身也挺然独立，至于斧斤之来，则天数也，岂灵椿古柏之所能避哉？如其植德不力而务为苟且，则是藤本其身，止可因人成事，人立而我立，人仆而我亦仆矣。至于木槿其生，不为明日计者，彼且不知根为何物，遑计入土之浅深，藏荄之厚薄哉！是即草木之流亚也。噫！世岂乏草本之行，而反木其天年，藤其后裔者哉？此造物偶然之失，非天地处人待物之常也。

【译文】

　　所以可以这样说，根是各种植物寿命长短的决定因素。想要收获很多，先要巩固它的根本。我从老农在苗圃种植草木的劳动中，得到了养生和处世的方法。人要是能考虑到以后，从长计议，事事都力求做得像木本类植物那样，就能遇到雨露浇灌而不得意忘形，见到霜雪也不惊慌失措，自身挺拔独立。至于遇到斧头砍伐那样

的戕害，那就是天意了，即使是通灵的椿树，千年的古柏，难道就能避免了吗？如果人不尽力培养自己的德行，却苟且行事，那他的身体就如同藤本类植物，只能依傍别人做成事情，别人能立，我也还能立，别人倒下，我也只好倒下。至于像木槿那样有今天没明天地生活，甚至不知道根是什么，还哪里顾得到根部入土的深浅、埋藏的厚薄呢！在草木中，这类人也算是下等的。唉！有草本一样随风倒伏的操行，寿命却像木本那样长久，有藤本类植物一样蔓延、攀附的子孙后代，这样的人，在这个世界上还少吗？这只能说是造物主偶然的失误，不是天地待人处物的常情。

牡　丹

　　牡丹得王于群花，予初不服是论，谓其色其香，去芍药有几？择其绝胜者与角雌雄，正未知鹿死谁手。及睹《事物纪原》，谓武后冬月游后苑，花俱开而牡丹独迟，遂贬洛阳。因大悟曰：强项若此，得贬固宜，然不加九五之尊，奚洗八千之辱乎？（韩诗"夕贬潮阳路八千"。）物生有候，葭动以时，苟非其时，虽十尧不能冬生一穗；后系人主，可强鸡人使昼鸣乎？如其有识，当尽贬诸卉而独崇牡丹。花王之封，允宜肇于此日，惜其所见不逮，而且倒行逆施，诚哉其为武后也！

【译文】

　　牡丹能够做群花之王，对这个观点我起初也有些不服，它的色和香，能比芍药好多少？选择最好的来决一雌雄，还不知道谁能胜出呢。后来看《事物纪原》，说武后在冬天游后苑，花都开了，只有牡丹迟迟不肯开放，就贬它到洛阳。我因而恍然大悟，说：这样的强项，贬得应该，然而不加九五之尊，怎能洗刷这八千之辱呢？（韩诗"夕贬潮阳路八千"。）植物生长，有一定的季节，不是时候，就是有十位唐尧，也不能在冬天长出一根麦穗；武后是皇帝，能强令公鸡大白天报晓么？她如果有眼光，应当尽贬诸花而独崇牡丹。花王的封号，本当从这一天开始，可惜她没有这个水平，而且倒行逆施。这就是真实的武后了！

【原文】

　　予自秦之巩昌，载牡丹十数本而归，同人嘲予以诗，有"群芳应怪人情热，千里趋迎富贵花"之句。予曰："彼以守拙得贬，予载之归，是趋冷非趋热也。"兹得此论，更发明矣。艺植之法，载于名人谱帙者，纤发无遗，予傥及之，又是拾人牙后矣。但有吃紧一着，花谱偶载而未之悉者，请畅言之。是花皆有正面，有反面，有侧面；正面宜向阳，此种花通义也。然他种或能委曲，独牡丹不肯通融，处以南面即生，俾之他向则死，此其肮脏不回之本性，人主不能屈之，谁能屈之？

我从秦地的巩昌，带回十几株牡丹，朋友写诗嘲笑说："群芳应怪人情热，千里趋迎富贵花。"我说："它因坚守自己的节操而被贬，我带它回来，是趋冷不是趋热。"这里的论说，又进了一步。种植的方法，在名人的手稿著作中没有一点遗漏，我如果再讲，又是拾人牙慧了。但有吃紧的一着，花谱偶有记载却不详细的，让我畅快地说出来吧。不管什么花，都有正面，有反面，有侧面；正面宜向阳，这是种花的普遍道理。不过别的或者还能委曲，只有牡丹不肯通融，放它朝南就生，让它转向便死，它这肮脏不回的本性，皇帝也不能使它屈服，谁还能使它屈服呢？

予尝执此语同人，有迂其说者。予曰："匪特士民之家，即以帝王之尊，欲植此花，亦不能不循此例。"同人诘予曰："有所本乎？"予曰："有本。吾家太白诗云：'名花倾国两相欢，常得君王带笑看。解释春风无限恨，沉香亭北倚栏杆。'倚栏杆者向北，则花非南面而何？"同人笑而是之。斯言得无定论？

我曾经把这话对朋友说过，有人批评我太迂。我说："不但普通人家，就是皇帝那样尊严，要种这花，也不能不顺着它的性子。"朋友反问我："有根据么？"我说："有啊！我家太白有诗曰：'名花倾国两相欢，常得君王带笑看。解释春风无限恨，沉香亭北倚栏杆。'倚栏杆的人向北，那花不朝南又是朝着哪个方向呢？"朋友笑着称是。这话怎么不能作为定论？

闲情偶寄

一一〇

梅

【原文】

花之最先者梅，果之最先者樱桃。若以次序定尊卑，则梅当王于花，樱桃王于果，犹瓜之最先者曰王瓜，于义理未尝不合，奈何别置品题，使后来居上！首出者不得为圣人，则辟草昧致文明者，谁之力欤？虽然，以梅冠群芳，料舆情必协；但以樱桃冠群果，吾恐主持公道者，又不免为荔枝号屈矣。姑仍旧贯，以免抵牾。种梅之法，亦备群书，无庸置吻，但言领略之法而已。

【译文】

最早开放的花是梅花，结得最早的果是樱桃。如果以次序定尊卑，梅应当是花王，樱桃应当是果王，就像最早成熟的瓜叫王瓜一样，这在义理上未尝不合，无奈的是另有品题，让后来者居上！首先出来的不能当圣人，那么消除愚昧、带来文明，是谁出的力呢？虽然如此，梅花作为群花之首，料想大家不会反对；但以樱桃冠群果，我恐怕主持公道的又不免为荔枝叫屈了。暂且照旧，以免发生争执。种梅的方法，在许多书中都提到了，不需再讲，只谈谈欣赏的方法吧。

【原文】

花时苦寒，既有妻梅之心，当筹寝处之法。否则衾枕不备，露宿为难，乘兴而来者，无不尽兴而返，即求为驴背浩然，不数得也。观梅之具有二：山游者必带帐房，实三面而虚其前，制同汤网，其中多设炉炭，既可致温，复备暖酒之用。此一法也。园居者设纸屏数扇，覆以平顶，四面设窗，尽可开闭，随花所在，撑而就之。此屏不止观梅，是花皆然，可备终岁之用。立一小匾，名曰"就花居"。花间竖一旗帜，不论何花，概以总名曰"缩地花"。此一法也。若家居所植者，近在身畔，远亦不出眼前，是花能就人，无俟人为蜂蝶矣。

梅花开的时候，正好是在严寒的冬季，既然有把梅当作伴侣的心思，就应当筹划与梅花同眠的方法。否则枕头、被褥都没有，露宿就会十分痛苦了。乘兴而来的，无不扫兴而归，就是想要像骑在驴背上吟诗赏梅的孟浩然一样，也没有几次会做到的。观梅的器具有两个：山游的必带帐篷，三面严实，前面虚实，像汤网那样，里面多设炉炭，既可取暖，又可温酒。这是一种方法。园内观看的，设纸屏几扇，上面盖上顶，四面设窗，可开可闭，花在哪边，就撑开哪边的窗。此屏不仅可以用来观梅，什么花都行，可备常年使用。再挂上一块小匾，取名"就花居"。花间竖立一面旗帜，不论什么花，一概取名"缩地花"。这又是一种方法。至于家内所植的，近在身边，远也不出眼前，是花能就人，不需人像蜂蝶一般绕着花转了。

【原文】

然而爱梅之人，缺陷有二：凡到梅开之时，人之好恶不齐，天之功过亦不等，风送香来，香来而寒亦至，令人开户不得，闭户不得，是可爱者风，而可憎者亦风也；雪助花妍，雪冻而花亦冻，令人去之不可，留之不可，是有功者雪，有过者亦雪也。其有功无过，可爱而不可憎者惟日，既可养花，又堪曝背，是诚天之循吏也。使止有日而无风雪，则无时无日不在花间，布帐纸屏皆可不设，岂非梅花之至幸，而生人之极乐也哉！然而为之天者，则甚难矣。

【译文】

不过喜爱梅花的人，有两个缺点：凡到梅花开时，人的喜好和憎恶不一样，天的功过也不等，风送来花香，花香到来严寒也来了，叫人开门不好，闭门也不好，可爱的是风，可恨的也是风；雪使梅花更加娇艳，雪冻花也冻，叫人去也不好，留也不好，有功的是雪，有过的也是雪。那有功无过，可爱而不可恨的只有太阳，它既可养花，又能给人温暖，真是天老爷的循吏。如果只有阳光而无风雪，就能无时无日不在花间，布帐纸屏都可不设，那不是梅花的大幸，人生最大的乐趣么？不过那做天的，就十分为难了！

【原文】

腊梅者，梅之别种，殆亦共姓而通谱者欤？然而有此令德，亦乐与联宗。吾又谓别有一化，当为腊梅之异姓兄弟，玫瑰是也。气味相孚，皆造浓艳之极致，殆不留余地待人者矣。人谓过犹不及，当务适中，然资性所在，一往而深，求为适中，不可得也。

【译文】

腊梅是梅花的一种，大概因为都叫梅而列入了同一谱系吧？然而有这样的品德，也乐于和它联宗的。我看还有一种花，应当是腊梅的异姓兄弟，那就是玫瑰。它们气味相孚，都达到浓艳的极致，待人又不留余地。人说过犹不及，最好是适中，然而资性所在，一往而深，如果让它们来适中，是不可能的。

桃

【原文】

凡言草木之花，矢口即称桃李，是桃李二物，领袖群芳者也。其所以领袖群芳者，以色之大都不出红白二种，桃色为红之极纯，李色为白之至洁，"桃花能红李能白"一语，足尽二物之能事。

【译文】

一般说起草木的花时，开口便说桃李，可见它们是群芳的领袖了。之所以有这样的地位，是因为花的颜色大都不出红白二种，桃色是红色中最纯的，李色是白色中最洁的，"桃花能红李能白"一句，把它们的优点全部给概括了。

　　然今人所重之桃，非古人所爱之桃；今人所重者为口腹计，未尝究及观览。大率桃之为物，可目者未尝可口，不能执两端事人。凡欲桃实之佳者，必以他树接之，不知桃实之佳，佳于接，桃色之坏，亦坏于接。桃之未经接者，其色极娇，酷似美人之面，所谓"桃腮""桃靥"者，皆指天然未接之桃，非今时所谓碧桃、绛桃、金桃、银桃之类也。即今诗人所咏，画图所绘者，亦是此种。此种不得于名园，不得于胜地，惟乡村篱落之间，牧童樵叟所居之地，能富有之。欲看桃花者，必策蹇郊行，听其所至，如武陵人之偶入桃源，始能复有其乐。如仅载酒园亭，携姬院落，为当春行乐计者，谓赏他卉则可，谓看桃花而能得其真趣，吾不信也。

【译文】

　　但是现在人所看重的桃，不是古人所爱的桃；现在的人看重的是好吃不好吃，没有考虑到观赏。大致说来，桃好看的不一定好吃，不能两头都让人满意。要想桃子好吃，一定要嫁接，哪知桃子的好，好在嫁接，桃色的坏，也坏在嫁接。未经嫁接的桃，颜色极其娇艳，酷似美人的脸，所谓"桃腮""桃靥"，都指天然未接的桃，不是今天所谓的碧桃、绛桃、金桃、银桃之类。就是今日诗人所咏，画图所绘的，也是这一种。这种桃树，名园里看不到，游览胜地也没有，只是在乡村篱落之间生长，牧童樵叟所住的地方也有很多。要看桃花，必须骑驴到郊外去，任驴自由行走，像武陵人偶然进入桃源，才有乐趣。如果只是载酒园亭，携姬来到庭院，为了当春行乐，这对观赏别的花卉是可以的，说是这样看桃花能够得到真趣，我不相信了。

【原文】

　　噫！色之极媚者莫过于桃，而寿之极短者亦莫过于桃，"红颜薄命"之说单为此种。凡见妇人面与相似而色泽不分者，即当以花魂视之，谓别形体不久也。然勿明言，至生涕泣。

　　噫！颜色最美的，没有超过桃的，寿命最短的，也要属桃花了，"红颜薄命"就是对桃花说的。凡是看到妇人的脸和桃相似又色泽不分的，就应当把她当成花魂，不久就要死了。不过这话不能对她讲明，免得她流泪。

梨

【原文】

　　予播迁四方，所止之地，惟荔枝、龙眼、佛手诸卉，为吴越诸邦不产者，未经种植，其余一切花果竹木，无一不经葺理；独梨花一本，为眼前易得之物，独不能身有其树为楂梨主人，可与少陵不咏海棠，同作一等欠事。然性爱此花，甚于爱食其果。果之种类不一，中食者少，而花之耐观，则无一不然。雪为天上之雪，此是人间之雪；雪之所少者香，此能兼擅其美。唐人诗云："梅虽逊雪三分白，雪却输梅一段香。"此言天上之雪。料其输赢不决，请以人间之雪为天上解围。

【译文】

　　我曾经四处迁徙，所到过的地方，只有荔枝、龙眼、佛手几种花木，在江浙一带没有种植过，其余一切花果竹木，没一样没栽种养护过；唯独梨花这一种，本来是近在眼前、容易得到的东西，我却不能拥有这种树，成为它的主人。这可以说和杜甫没有为海棠写过诗，同样是一件有欠缺的事情。然而我生性喜爱梨花，远远胜过喜爱吃它的果实。梨的果实种类不止一种，好吃的少，而梨花的耐人观赏，却没一种不是如此。雪是天上的雪，梨花是人间的雪；雪缺少的是香气，梨能兼有洁白和芳香。唐朝人卢梅超的《雪梅》诗说："梅虽逊雪三分白，雪却输梅一段香。"这是用梅花和天上的雪来比较的。我猜想它们一定是不分胜负，还是请人间的雪为天上的雪解围吧！

海　棠

　　"海棠有色而无香"，此《春秋》责备贤者之法。否则无香者众，胡尽恕之，而独于海棠是咎？然吾又谓海棠不尽无香，香在隐跃之间，又不幸而为色掩。如人生有二技，一技稍粗，则为精者所隐；一术太长，则六艺皆通，悉为人所不道。王羲之善书，吴道子善画，此二人者，岂仅工书善画者哉？苏长公不善棋酒，岂遂一子不拈，一卮不设者哉？诗文过高，棋酒不足称耳。

【译文】

　　"海棠有色而无香"，这是《春秋》责备贤者的法则。没有香味的花不少，为什么都能宽恕，而唯独责怪海棠呢？不过我还要说，海棠并不是一点香味没有，香味隐隐约约，又不幸被颜色掩盖了。就像一个人身怀两种技艺，一技稍粗，就被精者所隐；一术太长，就是六艺都通，也不会被人一一称道。王羲之善书，吴道子善画，这两位难道仅仅工书善画吗？苏轼不善棋酒，难道他便是一子不拈，一杯不设的人么？这是因为诗文水平过高，下棋、喝酒不能与它相比而已。

【原文】

　　吾欲证前人有色无香之说，执海棠之初放者嗅之，另有一种清芬，利于缓咀，而不宜于猛嗅。使尽无香，则蜂蝶过门不入矣，何以郑谷《咏海棠》诗云："朝醉暮吟看不足，羡他蝴蝶宿深枝？"有香无香，当以蝶之去留为证。且香之与臭，敌国也。《花谱》云："海棠无香而畏臭，不宜灌粪。"去此者必即彼，若是则海棠无香之说，亦可备证于前，而稍白于后矣。噫！大音希

声，大美不和。奚必如兰如麝，扑鼻薰人，而后谓之
有香气乎？

【译文】

　　我要验证前人有关海棠有色无香之说，嗅嗅刚刚开放的海棠花，只觉另有一种清芬，最好慢慢地闻，而不宜于猛嗅。如果当真无香，那么蜂蝶就过门不入了，怎么郑谷《咏海棠》诗曰："朝醉暮吟看不足，羡他蝴蝶宿深枝？"有香无香，应当以蝴蝶的去留为证。而且香和臭是敌对的。《花谱》说："海棠无香而畏臭，不宜灌粪"。不是香就是臭，如此说来，海棠无香的说法，从前面得到证明，从后面得到补充了。噫！简素淡雅就很好，何必如兰如麝，扑鼻薰人，才可叫作有香气呢？

【原文】

　　王禹偁《诗话》云："杜子美避地蜀中，未尝有一诗及海棠，以具生母名海棠也。"生母名海棠，予空疏未得其考；然恐子美即善吟，亦不能物物咏到。一诗偶遗，即使后人议及父母。甚矣，才子之难为也！

【译文】

　　王禹偁《诗话》中说到："杜子美到四川去避乱，没有一首诗涉及海棠，因为他的母亲叫海棠。"杜甫的亲生母亲是不是名叫海棠，我学识空疏，没有找到根据；不过杜甫就是善吟，恐怕也不能样样咏到。仅仅没有写到海棠，就让人家谈论父母，唉，才子真是难做啊！

【原文】

　　鼎革以前，吾乡杜姓者，其家海棠绝胜，予岁岁纵览，未尝或遗。尝赠以诗云："此花不比别花来，题破东君着意培。不怪少陵无赠句，多情遍向杜家开。"似可为少陵解嘲。

【译文】

　　还是在明朝的时候，我的同乡有位姓杜的，他家种的海棠特好，我年年去观赏游览，没有错过一次。送过他一首诗，道："此花不比别花来，题破东君着意培。不怪少陵无赠句，多情偏向杜家开。"似乎可以给少陵解嘲。

秋海棠一种，较春花更媚。春花肖美人，秋花更肖美人；春花肖美人之已嫁者，秋花肖美人之待年者；春花肖美人之绰约可爱者，秋花肖美人之纤弱可怜者。处子之可怜，少妇之可爱，二者不可得兼，必将娶怜而割爱矣。相传秋海棠初无是花，因女子怀人不至，涕泣洒地，遂生此花，名为"断肠花"。噫！同一泪也，洒之林中，即成斑竹，洒之地上，即生海棠，泪之为物神矣哉！

【译文】

秋海棠也是海棠的一种，比春花更妩媚。春花像美人，秋花更像美人；春花像已嫁的美人，秋花像待嫁的美人；春花像绰约可爱的美人，秋花像纤弱可怜的美人。处女的可怜，少妇的可爱，二者不可得兼，一定要娶可怜的少女而割舍可爱的少妇了。相传当初并无秋海棠，因女子的心上人没有到来，流泪洒地，便生出此花，叫作"断肠花"。唉！同是眼泪，洒在林中，就成斑竹，洒在地上，便生海棠，这眼泪真是神奇之物啊！

【原文】

春海棠颜色极佳，凡有园亭者不可不备，然贫士之家不能必有，当以秋海棠补之。此花便于贫士者有二：移根即是，不须钱买，一也；为地不多，墙间壁上，皆可植之。性复喜阴，秋海棠所取之地，皆群花所弃之地也。

【译文】

春海棠的颜色非常美丽，凡有园林的不可不备，然而贫士之家不一定能有，可以用秋海棠来弥补。此花对贫士有两种方便：首先不必花钱，移根就行了；又占地不多，墙间壁上，都可种植。秋海棠喜欢阴凉，秋海棠选择的地方，都是其他花所不要的。

闲情偶寄

藤　本　小序

　　藤本之花，必须扶植。扶植之具，莫妙于从前成法之用竹屏。或方其眼，或斜其槅，因作葳蕤柱石，遂成锦绣墙垣，使内外之人隔花阻叶，碍紫间红，可望而不可亲，此善制也。无奈近日茶坊酒肆，无一不然，有花即以植花，无花则以代壁。此习始于维扬，今日渐及他处矣。市井若此，高人韵士之居，断断不应若此。避市井者，非避市井，避其劳劳攘攘之情，锱铢必较之陋习也。见市井所有之物，如在市井之中，居处习见，能移性情，此其所以当避也。

【译文】

　　藤本类植物的花，必须依靠扶持才能种植。扶植的用具，什么也比不上从前的现成办法更妙，那就是用竹屏。或是编成方眼，或是编成斜格，作为藤枝的依靠，形成花团锦簇的矮墙，使庭院内外的人被万紫千红的花叶阻隔开来，可以相见而不能接近，这是一种很好的设计。无奈近来茶坊酒馆，没有一个地方不是这样用竹篱笆，有花的就用它种花，没花就用它代替墙壁。这种习惯是从扬州

兴起的，现在渐渐流传到了别的地方。市井小民的家庭如果这样，高人雅士的住房，却绝对不能如此。我们之所以躲避市井，并不是躲避市井本身，而是躲避市井中那种劳碌奔忙、熙熙攘攘的世情，和锱铢必较、一钱必争的陋习。看见市井中所有的东西，就如同身在市井之中，日常相处见惯了这些东西，就能够改变人的性情，这便是应当避免的理由。

【原文】

　　即如前人之取别号，每用"川""泉""湖""宇"等字，其初未尝不新，未尝不雅，后商贾者流家效而

户则之，以致市肆标榜之上，所书姓名非川即泉，非湖即宇，是以避俗之人，不得不去之若浼。迩来缙绅先生悉用"斋""庵"二字，极宜；但恐用者过多，则而效之者又入从前标榜，是今日之斋、庵，未必不是前日之川、泉、湖、宇。虽曰名以人重，人不以名重，然亦实之宾也。已噪寰中者仍之继起，诸公似应稍变。

【译文】

就拿取别号来说，前人常常用"川""泉""湖""宇"等字，起初未必不新，未尝不雅，后来商人们家家仿效，以致商店招牌上，所写姓名非川即泉，非湖即宇，因此避俗的人，不得不去掉它，就像清除污染一样。近来的士大夫们都用"斋""庵"二字，极为相宜；只怕用的人太多，仿效的又把它收进从前的招牌，那么今日的"斋""庵"，未必不是前日的"川""泉""湖""宇"。虽然说名以人重，人不以名重，然而名和实也有主宾的关系。已经名震天下的人可以继续这样做，但各位似乎应稍加变化。

【原文】

人问植花既不用屏，岂遂听其滋蔓于地乎？曰：不然。屏仍其故，制略新之。虽不能保后日之市廛，不又变为今日之园圃，然新得一日是一日，异得一时是一时，但愿贸易之人，并性情风俗而变之。变亦不求尽变，市井之念不可无，垄断之心不可有。觅应得之利，谋有道之生，即是人间大隐。若是则高人韵士，皆乐得与之游矣，复何劳扰锱铢之足避哉？花屏之制有三，列于《藤本》之末。

【译文】

有人问，种植藤本花既然不用篱笆，难道听任它在地上蔓延滋生吗？我说：不是这样。篱笆仍然照旧用，只是要把它的式样稍作一些改变。虽然不能保证以后市井不会跟风模仿，又都变成今天的花圃模样，不过能新一天是一天，能一时与人不同就算一时。盼望的只是经商的人们连他们的性情风俗都一起改变。也不用追求全部改变，市井观念不能无，把持独占的心思不可有。寻觅应该得到的利益，争取有价值的人生，这才是人间真正的隐士。如果他们能够做到这些，那么高人雅士都乐意和他们交往，又何必想方设法避免市井生活呢？花篱笆的格式有三种，写在《藤本》这部分的最后。

蔷 薇

【原文】

结屏之花，蔷薇居首。其可爱者，则在富于种而不一其色。大约屏间之花，贵在五彩缤纷，若上下四旁皆一其色，则是佳人忌作之绣，庸工不绘之图，列于亭斋，有何意致？他种屏花，若木香、酴醿、月月红诸本，族类有限，为色不多，欲其相间，势必旁求他种。蔷薇之苗裔极繁，其色有赤，有红，有黄，有紫，甚至有黑；即红之一色，又判数等，有大红、深红、浅红、肉红、粉红之异。屏之宽者，尽其种类所有而植之，使条梗蔓延相错，花时斗丽，可傲步幛于石崇。然征名考实，则皆蔷薇也。是屏花之富者，莫过于蔷薇。他种衣色虽妍，终不免于捉襟露肘。

【译文】

装点篱笆的花，数蔷薇第一。它的可爱，在于种类很多，颜色又不一样。大致来说，装点篱笆的花，贵在五彩缤纷，如果上下四边都是一个颜色，那便是美人忌讳的刺绣，庸工不绘的画图，放在亭斋，还有什么情趣呢？别的屏花，如木香、酴醿、月月红等木本植物，种类有限，颜色也不多，想使各种颜色互相间杂，势必另找其他的品种。蔷薇的品种繁衍极多，颜色有赤、红、黄、紫，甚至有黑的；就是红的这一种颜色，又分几等，有大红、深红、浅红、肉红、粉红的不同。在宽大的篱笆上，把所有的种类聚在一起，使条梗蔓延相错，花开时争奇斗艳，比石崇的锦障更有风采。然而一考察起来，却都是蔷薇。所以说装点篱笆的花里面没有比蔷薇更富有的了。其他品种衣色虽妍，终不免捉襟露肘。

月 月 红

俗云:"人无千日好,花难四季红。"四季能红者,现有此花,是欲矫俗言之失也。花能矫俗言之失,何人情反听其验乎? 缀屏之花,此为第一。所苦者树不能高,故此花一名"瘦客"。然予复有用短之法,乃为市井之人强迫而成者也。法在屏制之第三幅。此花有红、白及淡红三本,结屏必须同植。

【译文】

俗话说:"人无千日好,花难四季红。"现有此花,四季能红,这是要矫正俗话的失误。花能矫正俗话的失误,为什么人情世态反而让这话来应验呢?点缀篱笆的花,数它第一。所遗憾的是它长不高,所以它又名"瘦客"。不过我又有一个利用它短处的方法,这是受市井之人强迫而想出来的。方法在屏制的第三幅。此花有红、白以及淡红三本,结屏时必须一同种植。

【原文】

此花又名长春,又名斗雪,又名胜春,又名月季。予于种种之外,复增一名曰"断续花"。花之断而能续,续而复能断者,只有此种。因其所开不繁,留为可继,故能绵邈若此;其余一切之不能续者,非不能续,正以其不能断耳。

【译文】

此花又名长春,又名斗雪,又名胜春,又名月季。我在这种种名字之外,又增它一名叫"断续花"。花断了能续开,续开了又断掉的,只有此种。因为它开的花并不繁盛,留有继续开花的基础,所以它的花期长久;其他所有不能续开的花,并非不能续开,正是因为它们的花不能断。

玫　瑰

【原文】

　　花之有利于人，而无一不为我用者，芰荷是也；花之有利于人，而我无一不为所奉者，玫瑰是也。芰荷利人之说见于本传；玫瑰之利同于芰荷，而令人可亲可溺，不忍暂离，则又过之。群花止能娱目，此则口眼鼻舌以至肌体毛发，无一不在所奉之中。可囊可食，可嗅可观，可插可戴，是能忠臣其身，而又能媚子其术者也。花之能事，毕于此矣！

【译文】

　　花当中对人有益，而它的益处没有一样不为我所用的，是荷花；花当中对人有益，而人没有一个不接受它侍奉的，是玫瑰。荷花对人有利，本书的前面已经说过。玫瑰的益处，和荷花一样，而它令人可亲可爱，不忍暂离，又超过了荷花。群花只能愉悦人的眼睛，这花则口眼鼻舌以至肌体毛发，无一不在它所侍奉的范围内。可以携带可以吃，可以闻可以看，可插可戴，既是一位忠臣，而又能施展其媚人的妙术。花的本事，玫瑰全有了。

草　本 小序

【原文】

　　草本之花，经霜必死；其能死而不死，交春复发者，根在故也。常闻有花不待时，先期使开之法，或用沸水浇根，或以硫磺代土，开则开矣，花一败而树随之，根亡故也。然则人之荣枯显晦，成败利钝，皆不足据，但询其根之无恙否耳。根在，则虽处厄运，犹如霜后之花，其复发也，可坐而待也；如其根之或亡，则虽处荣胲显

耀之境，犹之奇葩烂目，总非自开之花，其复发也，恐
不能坐而待矣。

　　草本类花卉一经霜打必定会死；但它看似死了，实际
上并没有死，一到来年春天就会重新萌发，这是因为根
还在的缘故。常常听到有人讲不用等到花期、提前使
花开放的方法：或是用滚开的水浇灌它的根，或是用
硫磺代替土。这样一来，花倒是开了，但花一败落，
枝干也就会跟着死掉，这是它的根已经死亡的缘故。
这样看来，人一时的荣耀屈辱，成功失败，都不足以当作
这个人最终命运的根据，只要问他的"根"是否平安无事就行了。
根在，那就虽然处在厄运当中，也如霜后的花，重新开放的机运指日可待；如
果是根死亡了，那就即便身处荣华显耀的环境当中，也像提前开放的奇花，绚
烂耀眼，但总不是自然开放的花，重新开放的机会恐怕没有了。

【原文】

　　予谈草木，辄以人喻。岂好为是哓哓者哉！ 世间万
物，皆为人设。观感一理，备人观者，即备人感。天之
生此，岂仅供耳目之玩，情性之适而已哉？

【译文】

　　我在谈论草木时，动不动就拿花比作人。哪里是我喜欢这样喋喋不休地饶
舌啊！世间所有东西都是为人设置的。观看和感受是同一道理：供给人观赏的，
同时也就是启发人感悟的。天生草木，难道仅仅是供给人娱悦耳目、观览玩赏
和娱悦性情、追求舒适的吗？

兰

【原文】

　　"兰生幽谷，无人自芳"，是已。然使幽谷无人，兰
之芳也，谁得而知之？谁得而传之？其为兰也，亦与

萧艾同腐而已矣。"如入芝兰之室，久而不闻其香"，是已。然既不闻其香，与无兰之室何异？虽有若无，非兰之所以自处，亦非人之所以处兰也。吾谓芝兰之性，毕竟喜人相俱，毕竟以人闻香气为乐。文人之言，只顾赞扬其美，而不顾其性之所安，强半皆若是也。

【译文】

　　"兰花生在幽谷，无人自然芳香"，这是对的。不过如果幽谷无人，兰的芳香，谁能知道呢？又谁来传播呢？这样，兰就只能和野蒿臭草一同腐烂了。"如入芝兰之室，久而不闻其香"，这是对的。不过既然闻不到香味，和没有兰花的屋子还有什么区别？有和没有一个样，这不是兰花自处的原因，也不是人们对待兰花的方法。我说芝兰的本性，毕竟喜欢和人在一起，毕竟乐于有人闻到它的香气。文人的话，只顾赞扬它的美好，而不顾它的本性是否安适，大半都是如此。

【原文】

　　然相俱贵乎有情，有情务在得法；有情而得法，则坐芝兰之室，久而愈闻其香。兰生幽谷与处曲房，其幸不幸相去远矣。兰之初着花时，自应易其坐位，外者内之，远者近之，卑者尊之；非前倨而后恭，人之重兰非重兰也，重其花也，叶则花之舆从而已矣。居处一定，则当美其供设，书画炉瓶，种种器玩，皆宜森列其旁。但勿焚香，香薰即谢，罪炉也，此花性类神仙，怕亲烟火，非忌香也，忌烟火耳。若是则位置堤防之道得矣。

【译文】

　　然而一起相处，可贵的是有情趣，有情趣又全在得法；有情而得法，坐在芝兰之室，就会越久越能闻到它的香味。兰花长在偏远的山谷与长在曲静的房屋，幸和不幸相差是很远的。在兰刚开始开花的时候，自应移动它的座位，外面的要搬到屋里，远处的要搬到近处，低处的要搬到高处；不是前倨后恭，人看重芝兰，并不是看重芝兰本身，是看重它的花，叶只是它的仆从罢了。放好以后，就应当美化它周围的摆设，书画炉瓶，种种器玩，都应当有序地摆放在旁边。但是不要焚香，香薰花谢，并非妒忌，此花性似神仙，怕近烟火，不是忌香，是忌烟火。如此安置提防就合适了。

　　然皆情也，非法也，法则专为闻香。"如入芝兰之室，久而不闻其香"者，以其知入而不知出也，出而再入，则后来之香倍乎前矣。故有兰之室不应久坐，另设无兰者一间以作退步，时退时进，进多退少，则刻刻有香，虽坐无兰之室，若依倩女之魂。是法也，而情在其中矣。如止有此室，则以门外作退步，或往行他事，事毕而入，以无意得之者，其香更甚。此予消受兰香之诀，秘之终身，而泄于一旦，殊可惜也。

　　不过这都说的是情趣问题，不是方法问题，方法是专门为了闻花香而准备的。"如入芝兰之室，久而不闻其香"，是由于人们只知道进而不知道出，如果出来再进去，后来的香就比前面的加倍了。所以在有兰之室不应久坐，另设无兰的一间作为退避之所，时退时进，进多退少，就会刻刻有香，虽然坐在无兰之室，香味也像倩女的幽魂一样跟随而来。这是方法，而情趣也在里面了。如果只此一室，也可把门外作退步，或去做别的事，做完了进来，无意得到的，气味更香。这是我享受兰香的秘诀，终身保密，一下子泄出来了，十分可惜。

　　此法不止消受兰香，凡属有花房舍，皆应若是。即焚香之室亦然，久坐其间，与未尝焚香者等也。门上布帘必不可少，护持香气，全赖乎此。若止靠门扇开闭，则门开尽泄，无复一线之留矣。

　　这种方法不仅可以用来享受兰香，凡是有花的房舍，都应当这样。就是焚香的居室也是如此，在房间里坐得久了，和没有焚香的时候便一样了。门上的布帘必不可少，护持香气全靠它。如果只靠门扇开闭，门一开，香气就跑光了，再也没有一丝香气保留下来。

菊

【原文】

　　菊花者，秋季之牡丹、芍药也。种类之繁衍同，花色之全备同，而性能持久复过之。从来种植之书，是花皆略，而叙牡丹、芍药与菊者独详。人皆谓三种奇葩，可以齐观等视，而予独判为两截，谓有天工人力之分。

【译文】

　　菊花就如同是秋季的牡丹、芍药。它们的种类一样繁多，花色一样齐全，而花期的持久性这一点，菊花又超过它们。讲种植的书，从来是别的花都讲得简略，叙述起牡丹、芍药和菊花来却特别详尽。人们都认为这三种奇花可以同等看待，而我独独把它们判成截然两样，认为其中有天工和人力的分别。

【原文】

　　何也？牡丹、芍药之美，全仗天工，非由人力。植此二花者，不过冬溉以肥，夏浇以湿，如是焉止矣。其开也，烂漫芬芳，未尝以人力不勤，略减其姿而稍俭其色。菊花之美，则全仗人力，微假天工。艺菊之家，当其未入土也，则有治地酿土之劳，既入土也，则有插标记种之事。是萌芽未发之先，已费人力几许矣。追分秧植定之后，劳瘁万端，复从此始。防燥也，虑湿也，摘头也，掐叶也，芟蕊也，接枝也，捕虫掘蚓以防害也，此皆花事未成之日，竭尽人力以俟天工者也。即花之既开，亦有防雨避霜之患，缚枝系蕊之勤，置盎引水之烦，染色变容之苦，又皆以人力之有余，补天工之不足者也。

为什么呢？牡丹、芍药的美，全仗天工，不是靠人力。种这两种花，不过冬天灌溉肥水，夏天浇水保持湿润，这样也就行了。它们开放时，烂漫芬芳，不曾因为人力不勤，略微减损姿容和颜色。菊花的美，却是全仗人力，略微借一点天工之力。种植菊花的人家，在它没入土的时候，就得整地酿土，入土以后，又要插标记种，在菊花还没有萌芽之前，已费了不少人力。等到分秧栽种以后，各种辛劳的事才真正开始，防止干燥，提防过湿，摘头，掐叶，去蕊，接枝，捕虫挖蚓以防害，这都是在没开花时，竭尽人力以等待老天爷的恩赐。即便是花开以后，也还有防雨避霜、缚枝系蕊、置盆引水、染色变容等种种担心、烦劳、辛苦的事情要做，这又都是以人力弥补天工的不足。

【原文】

为此一花，自春徂秋，自朝迄暮，总无一刻之暇。必如是，其为花也始能丰丽而美观，否则同于婆娑野菊，仅堪点缀疏篱而已。若是则菊花之美，非天美之，人美之也。人美之而归功于天，使与不费辛勤之牡丹、芍药齐观等视，不几恩怨不分，而公私少辨乎？吾知敛翠凝红，而为沙中偶语者，必花神也。

【译文】

为了这一种花，从春到秋，从早到晚，总没有一刻闲暇。一定要这样，它开的花才能丰满艳丽，耐人观赏，否则就会和野菊花一样，仅仅可以用来点缀篱笆罢了。由此看来，菊花的美，不是老天爷赐予的，而是人使它变美的。把人力赋予的美归功于天，把菊花与不费辛劳的牡丹、芍药同样看待，这岂不是恩怨不分、公私不辨吗？我知道那些神态凝重、窃窃私语表示不满的，一定是菊花花神了。

【原文】

自有菊以来，高人逸士无不尽吻揄扬，而予独反其说者，非与渊明作敌国。艺菊之人终岁勤动，而不以胜天之力予之，是但知花好，而昧所从来。饮水忘源，并置汲者于不问，其心安乎？是前题咏诸公，皆若是也。

予创是说，为秋花报本，乃深于爱菊，非薄之也。

【译文】

　　自有菊花以来，高人逸士无不对它尽力赞扬。而我独独和他们的说法相反，这倒不是要与爱菊咏菊的陶渊明对立。种植菊花的人终年辛苦勤劳，却不赞美他们胜过天的力量，这是只知道花的美丽，却不知道这种美丽从哪里来。饮水却忘了源泉，并且连饮水的人都不闻不问了，难道能够心安吗？这以前给菊花题诗歌咏的诸公都是这样。我创立这个说法，是替菊花报恩，这是对菊花的深爱，不是轻视它。

【原文】

　　　　予尝观老圃之种菊，而慨然于修士之立身与儒者之治业。使能以种菊之无逸者砺其身心，则焉往而不为圣贤？使能以种菊之有恒者攻吾举业，则何虑其不掇青紫？乃士人爱身爱名之心，终不能如老圃之爱菊，奈何！

【译文】

　　我曾经看过老园丁种养菊花，而对道德家的修身和儒学家的治学产生感慨。假使能用栽种菊花那样不图安逸的精神来磨砺身心，怎么能不成为圣贤呢？假使能用栽种菊花那种持之有恒的意志来攻读学业，又何愁不能功成名就？但士人们爱身、爱名的心，到底不能像老园丁对菊花的爱心，真是没办法！

众　卉 小序

【原文】

　　　　草木之类，各有所长，有以花胜者，有以叶胜者。花胜则叶无足取，且若赘疣，如葵花、蕙草之属是也。叶胜则可以无花，非无花也，叶即花也，天以花之丰神色泽归并于叶而生之者也。不然绿者叶之本色，如其叶之，则亦绿之而已矣，胡以为红，为紫，为黄，为碧，如老少年、美人蕉、天竹、翠云草诸种，备五色之陆离，以娱观者之目乎？即其青之绿之，亦不同于有花之叶，另具一种芳姿。是知树木之美，不定在花，犹之丈夫之美者，不专主于有才，而妇人之丑者，亦不尽在无色也。观群花令人修容，观诸卉则所饰者不仅在貌。

【译文】

草木这类植物，都有自己各自的优点，有以花取胜的，有以叶取胜的。以花取胜的，叶就没有可取之处，并且成了多余的东西，如葵花、蕙草之类就是。以叶取胜的，花就可有可无，不是没有花，叶子就是花了，因为上天把花的丰神色泽，都归到叶子上了。不然的话，绿是叶子的本色，如果单是做叶子，就光让它呈现绿色算了，为什么又让它是红色，是紫色，是黄色，是碧色，像老少年、美人蕉、天竹、翠云草等种类，五彩斑斓，娱人眼目？即便是青色绿色，也和有花的叶子不同，别具一种美丽的姿色。由此可知，树木的美，不一定都在花上，就像男人的美，不主要在于有才，妇人的丑，也不一定是因为没有姿色一样。观赏百花，能促使人修饰容貌，观赏众卉，那就使人知道需要修饰的不仅仅是容貌。

芭　蕉

【原文】

幽斋但有隙地，即宜种蕉。蕉能韵人而免于俗，与竹同功，王子猷偏厚此君，未免挂一漏一。蕉之易栽，十倍于竹，一二月即可成阴。坐其下者，男女皆入画图，且能使台榭轩窗尽染碧色，"绿天"之号，洵不诬也。竹可镂诗，蕉可作字，皆文士近身之简牍。乃竹上止可一书，不能削去再刻；蕉叶则随书随换，可以日变数题，尚有时不烦自洗，雨师代拭者，此天授名笺，不当供怀素一人之用。予有题蕉绝句云："万花题遍示无私，费尽春来笔墨资。独喜芭蕉容我俭，自舒晴叶待题诗。"此芭蕉实录也。

【译文】

　　幽静的书斋前只要有空地，就应当种芭蕉。芭蕉能让人有情趣而免于流俗，和竹的作用是一样的，而王子猷偏爱竹子，未免漏掉了芭蕉。芭蕉的栽培，比竹容易十倍，一二月便可成荫。坐在它下面，男女都入图画，而且能使亭台楼阁，都染上绿色。号称"绿天"，不是假话。竹子上可以刻诗，芭蕉叶上可以写字，都是文士身边的纸张。不过竹上只能刻写一遍，不能削去再刻；蕉叶却能随写随换，可以一天变好几种题目，而且有时还不需自己去洗，天会用雨来代劳，这是天授名笺，不应当只供怀素一人使用。我有一首题蕉绝句，诗曰："万花题遍示无私，费尽春来笔墨资。独喜芭蕉容我俭，自舒晴叶待题诗。"这是芭蕉的真实描写。

虞 美 人

【原文】

　　虞美人花叶并娇，且动而善舞，故又名"舞草"。《谱》云："人或抵掌歌《虞美人》曲，即叶动如舞。"予曰：舞则有之，必歌《虞美人》曲，恐未必尽然。盖歌舞并行之事，一姬试舞，众姬必歌以助之，闻歌即舞，势使然也。若曰必歌《虞美人》曲，则此曲能歌者几？歌稀则和寡，此草亦得借口藏其拙矣。

【译文】

　　虞美人的花和叶都很娇嫩，而且灵活善舞，所以又名"舞草"。《花谱》说："人如果拍着手唱《虞美人》曲，叶子就会跳动起来如舞蹈一样。"我说：舞是真的，一定要唱《虞美人》曲，恐怕未必都是如此。因为歌舞都是一起进行的，一个舞者开始跳舞，其他人一定会唱歌来应和，听到唱歌，就跳起舞来，那是自然的事。如果一定要唱《虞美人》曲，会唱此曲的能有几人？会唱的人少，能闻歌起舞的就更少，此草也可借口掩盖自己的笨拙了。

竹 木 小 序

【原文】

竹木者何？树之不花者也。非尽不花，其见用于世者在此不在彼，虽花而犹之弗花也。花者媚人之物，媚人者损己，故善花之树多不永年，不若椅桐梓漆之朴而能久。然则树即树耳，焉如花为？

【译文】

竹木是什么？是不开花的树。但也不是全不开花，因为它对世人贡献的不是花而是些别的东西，所以即便开花也和没花一样。花是用来取媚于人的东西，取媚于人的东西都对自己有损，所以开花多的树都活不长久，不像椅树、梧桐、梓树、漆树那样质朴、活得长久。既然如此，那么树就是树罢了，干什么非得和花一样？

【原文】

善花者曰："彼能无求于世则可耳，我则不然。雨露所同也，灌溉所独也；土壤所同也，肥泽所独也。子不见尧之水，汤之旱乎？如其雨露或竭，而土不能滋，则奈何？盍舍汝所行而就我？"不花者曰："是则不能，甘为竹木而已矣。"

【译文】

开花多的树说："你若是能对世人没什么要求，不开花也是可以的，我却不是这样。我和你承受的雨露滋润是相同的，引水灌溉却只有我能独享；土壤是相同的，肥料的好处却只有我能独享。你没见过唐尧时期的大水和商汤时期的大旱吗？要是像那样出现雨露枯竭，土壤得不到滋润，那又怎么办？为什么不丢掉你的那一套，像我一样呢？"不开花的树说："你说的这些我却做不到，我还是甘心做竹木算了。"

竹

　　俗云："早间种树，晚上乘凉。"喻词也。予于树木
中求一物以实之，其惟竹乎？种树欲其成阴，非十年不
可，最易活莫如杨柳，求其阴可蔽日，亦须数年。惟竹
不然，移入庭中，即成高树。能令俗人之舍，不转盼而
成高士之庐。神哉此君，真医国手也！

【译文】

　　俗话说："早间种树，晚上乘凉。"这是比喻。要在树木中找一个来做实例，
只能是竹吧？种树想要让它成荫，非十年不可，最容易成活的是杨柳，要想它
们荫可蔽日，也得几年。只有竹子不是这样，移到院子里，很快就能长成高大
的树，能叫俗人的房舍，一转眼便成高士的宅院。真是神奇啊！是位真医生、大
国手！

【原文】

　　种竹之方，旧传有诀云："种竹无时，雨过便移，多
留宿土，记取南枝。"予悉试之，乃不可尽信之书也。三
者之内，惟一可遵，"多留宿土"是也。

【译文】

　　种竹的方法，以前流传的口诀是："种竹不挑时，雨过便移栽，多留原来
土，记得选南枝。"我都照着做过，才知不可尽信书。三样里面，只有一样可
以相信，就是"多留宿土"。

【原文】

　　移树最忌伤根，土多则根之盘曲如故，是移地而
未尝移土，犹迁人者并其卧榻而迁之，其人醒后尚不
自知其迁也。若俟雨过方移，则沾泥带水，有几许未

便。泥湿则松，水沾则濡，我欲留土，其如土湿而苏，随锄随散之，不可留何？且雨过必晴，新移之竹，晒则叶卷，一卷即非活兆矣。予易其词曰"未雨先移"。天甫阴而雨犹未下，乘此急移，则宿土未湿，又复带潮，有如胶似漆之势，我欲多留，而土能随我，先据一筹之胜矣。且栽移甫定而雨至，是雨为我下，坐而受之，枝叶根本，无一不沾滋润之利。最忌者日，而日不至；最喜者雨，而雨即来；去所忌而投以喜，未有不欣欣向荣者。此法不止种竹，是花是木皆然。

【译文】

移树最怕伤到根，土多根的盘曲状态就能跟原来一样，是移地而未尝移土，就像把人连着床一起搬走，他醒来以后还不知道自己已经被人移动了。如果要等雨过才移，就会沾泥带水，有许多不便。泥湿就松，沾水则容易沾染，我想留土，土却又湿又松，锄一下去土就散开来了，留不住怎么办？而且雨过天晴，新移的竹子，一晒就卷叶，一卷就是活不下去的征兆了。我改了个说法，叫作"未雨先移"。天刚阴而雨还未下，乘此赶快移，原来的土还没有湿，又带潮气，有如胶似漆之势，我想多留，土也能跟着过来，这就已经先胜一筹。而且刚刚移栽好了，雨便下起来，是雨为我下，坐着享受，竹的叶子和根，样样都得到滋润。移竹之后，最怕的是阳光而阳光不会出来；最喜欢的是雨而雨就来；避开所怕的而给予所喜欢的，没有不欣欣向荣的。此法不止种竹适用，是花是木都一样。

【原文】

至于"记取南枝"一语，尤难遵奉。移竹移花，不易其向，向南者仍使向南，自是草木之幸。然移草木就人，当随人便，不能尽随草木之便。无论是花是竹，皆有正面，有反面，正面向人，反面向空隙，理也。使记南枝而与人相左，犹娶新妇进门，而听其终年背立，有是理乎？故此语只当不说，切勿泥之。总之，移花种竹，只有四字当记："宜阴忌日"是也。琐琐繁言，徒滋疑扰。

【译文】

至于"记取南枝"一语，更难遵行。移竹移花，不换方向，向南的仍旧向南，自然是草木的幸运。然而栽草木到人需要的地方，当随人的方便，不能尽随草木的适宜。无论是花是竹，都有正面，有反面，正面向人，反面向空隙，才是合理。如果选取南边的枝条而和人要种的地方朝向相反，就像娶了新媳妇进门，而听任她常年背着脸，有这样的道理么？所以此话只当没说，切勿拘泥。总之，移花种竹，只有四字当记，那便是"宜阴忌日"。我这样啰唆，只能让人增加疑惑和干扰。

松　　柏

【原文】

"苍松古柏"，美其老也。一切花竹，皆贵少年，独松、柏与梅三物，则贵老而贱幼。欲受三老之益者，必买旧宅而居。若俟手栽，为儿孙计则可，身则不能观其成也。求其可移而能就我者，纵使极大，亦是五更，非三老矣。予尝戏谓诸后生曰："欲作画图中人，非老不可。三五少年，皆贱物也。"后生询其故。予曰："不见画山水者，每及人物，必作扶筇曳杖之形，即坐而观山临水，亦是老人矍铄之状。从来未有俊美少年厕于其间者。少年亦有，非携琴捧画之流，即挈盒持樽之辈，皆奴隶于画中者也。"后生辈欲反证予言，卒无其据。

【译文】

"苍松古柏"，美在老拙。一切花竹，都是宝贵少年，只有松、柏和梅这三样，是以老为贵，以幼为贱。想要享受这三种老树的利益，一定要买旧的房子来住。如果要等自己手栽，为儿孙打算可以，自己是看不到长成的。找那可以移栽到眼前的，纵使极大，也是五更，不是三老。我曾经和年轻人说过这样的笑话："要做画图中人，非是老人不可。三五少年，是受到轻视的。"年轻人问为什么，我说："不见画山水的人，每画人物，都是扶着拐杖的，即使是坐着观山临水，也是老人矍铄之状。从来没有俊美少年杂处其中的。少年也有，不是携琴捧画之流，便是端盒持酒之辈，都是在画中充当奴仆的。"年轻人想反驳我的话，却找不到根据。

【原文】

　　引此以喻松柏，可谓合伦。如一座园亭，所有者皆时花弱卉，无十数本老成树木主宰其间，是终日与儿女子习处，无从师会友时矣。名流作画，肯若是乎？噫！予持此说一生，终不得与老成为伍，乃今年已入画，犹日坐儿女丛中。殆以花木为我，而我为松柏者乎？

【译文】

　　用这来比喻松柏，可说是正合适。就像一座园亭，所有的都是柔弱的新花卉，缺少十几株老成树木在当中主宰，这就像是终日和儿女在一起，而没有跟可以做师友的人交流的时候了。名流作画，肯这样做么？唉！我一生坚持这个观点，还是不能和老成的人为伍，现在论年龄已应入画，仍然每日坐在儿女丛中。若用花木来比喻我的话，岂不是要把我当成松柏来看待吗？